畢璞全集．小說．十一

風雨
故人來

【推薦序一】老樹春深更著花

封德屏

一九八六年四月，畢璞應《文訊》雜誌「筆墨生涯」專欄邀稿，發表〈三種境界〉一文，她在文末寫道：

這種職業很適合我這類沉默、內向、不善逢迎、不擅交際的書呆子型人物，我很高興與我當年選擇了它。我既沒有後悔自己走上寫作這條路，又說過它是一種永遠不必退休的行業；那麼，看樣子，我是注定了此生還是要與筆墨為伍了。

畢璞自知甚深，更有定力付之行動，近三十年來她持續創作，陸續出版了數本散文、小說、自選集；三年前，為了迎接將臨的「九十大壽」，她整理近年發表的文章，出版了散文集

《老來可喜》。年過九十後，創作速度放緩，但不曾停筆。二〇〇九年元月《文訊》創辦的「銀光副刊」，至今刊登畢璞十二篇文章，上個月（二〇一四年十一月），她在「銀光副刊」發表了短篇小說〈生日快樂〉，此外，也仍偶有文章發表於《中華日報》副刊。畢璞用堅毅無悔的態度和纍纍的創作成果，結下她一生和筆墨的不解之緣。

一九四三年畢璞就發表了第一篇作品，五〇年代持續創作，創作出版的高峰集中在六〇、七〇年代。一九六八年到一九七九年是她作品的豐收期，這段時間有時一年出版三、四本，甚至五本。早些年，她是編寫雙棲的女作家，曾主編《大華晚報》家庭版、《公論報》副刊、《徵信新聞報》家庭版，並擔任《婦友月刊》總編輯，八〇年代退休後，算是全心歸回到自適自在的寫作生涯。

真摯與坦誠是畢璞作品的一貫風格。散文以抒情為主，用樸實無華的筆調去謳歌自然，讚頌生命；小說題材則著重家庭倫理、婚姻愛情。中年以後作品也側重理性思考與社會現象觀察。畢璞曾自言寫作不喜譁眾取寵、不造新僻字眼，強調要「有感而發」，絕不勉強造作。

畢璞生性恬淡，除了抗戰時逃難的日子，以及一九四九年渡海來台的一段艱苦歲月外，自認大半生風平浪靜。「淡泊名利，寧靜無為」是她的人生觀，讓她看待一切都怡然自得。雖然前後在報紙雜誌社等媒體工作多年，一九五五年也參加了「中國婦女寫作協會」，可能如她自己所言「個性沉默、內向，不擅交際」，多年來很少現身文壇活動。像她這樣一心執著於創作的人和其作品，在重視個人包裝、形象塑造，充斥各種行銷手法的出版紅海中，很容易會被湮沒遺忘。

然而，這位創作廣跨小說、散文、傳記、翻譯、兒童文學各領域，筆耕不輟達七十餘年的資深作家，冷月孤星，懸長空夜幕，環視今之文壇，可說是鳳毛麟角，珍稀罕見。在人們華服高軒、闊論清議之際，九三高齡的她，老樹春深更著花，一如往昔，正俯首案頭，筆尖不斷流淌出款款深情，如涓涓流水，在源遠流長的廣域，點點滴滴灌溉著每一寸土地。

感謝秀威資訊科技股份有限公司，在文學出版業益顯艱辛的此刻，奮力完成「畢璞全集」二十七冊的巨大工程。不但讓老讀者有「喜見故人」的驚奇感動，也讓年輕一代的讀者，有機會可以在快樂賞讀中，認識畢璞及其作品全貌。我們也希望透過文學經典這樣的再現與傳承，向這位永遠堅持創作的作家，表達我們由衷的尊崇與感謝之意。

民國一〇三年十二月

（封德屏：現任文訊雜誌社社長兼總編輯、臺灣文學發展基金會執行長、紀州庵文學森林館長。）

【推薦序二】

老來可喜話畢璞

吳宏一

一

上星期二（十月七日），我有事到《文訊》辦公室去。事畢，封德屏社長邀我去參觀她們蒐集珍藏的期刊。看到很多民國五、六十年前後風行文壇的文藝刊物，目前多已停刊，不勝嗟嘆。《暢流》、《自由青年》、《文星》等我投過搞、發表過創作的刊物不說，連一些當時發行不廣的小刊物，她們也多有蒐集。其用心之專、致力之勤，實在不能不令人讚嘆。於是我向她提起我高中以迄大學時期文學起步的一些往事，中間提到若干文藝刊物和若干文壇前輩對我的鼓勵和影響。其中特別提到我大學一年級，民國五十年的秋天，剛進入台大中文系讀書時所認識的一些前輩先進。像當時住在濟南路的紀弦，住在廈門街的余光中，住在南昌街菸酒公賣局宿舍的羅悟緣，住在安東市場旁的羅門、蓉子……我都曾經一一去走訪，謝謝他們採用或推薦過我的作品。過程歷歷在目，至今仍記憶猶新。比較特別的是，去新生南路夜訪覃子豪時，還遇見過魏子雲；去峨嵋街救國團舊址見程抱南、鄧禹平時，還順道去《公論報》探訪副刊主編畢璞……。

一提到畢璞，德屏立即接了話，說「畢璞全集」目前正編印中，問我願不願意為她「全集」寫個序言。我答：寫序不敢，但對我文學起步時曾經鼓勵或提攜過我的前輩，我非常樂意寫紀念性的文字。不過，我也同時表示，我與畢璞五十多年來，畢竟才見過兩三次面，她的作品我讀得並不多，要寫也得再讀讀她的生平著作，而且也要她還記得我，對往事有些共同的記憶才好。所以我建議，請德屏代問畢璞兩件事：一是她記不記得在我大一下學期（民國五十一年春），她和另一位女作家到台大校園參觀之事；二是她在主編《婦友》月刊期間，記不記得曾經約我寫過詩歌專欄。

德屏說好。第二日早上十點左右，畢璞來了電話，客氣寒暄之後，告訴我：她記得她和鍾麗珠早年曾到台大校園和我見過面，但對於《婦友》約我寫專欄之事，則毫無印象。她知道我沒有讀過她的作品集，說要寄兩三本來，又知道我怕她年老行動不便，改口說，要不然，幾天內如果我能抽空，就煩請德屏陪我去內湖看她，由她當面交給我，同時可以敘敘舊、聊聊天。

我當然贊成。我已退休，時間容易調配，只不知德屏事務繁忙，能不能抽出空暇。想不到與德屏聯絡後，當天下午，就由《文訊》編輯吳穎萍小姐聯絡好，約定十月十日下午三點一起去見畢璞。

二

十月十日國慶節，下午三點不到，我就如約搭文湖線捷運到葫洲站一號出口等。不久，德屏與穎萍來了。德屏領先，走幾分鐘路，到康寧老人安養中心去見畢璞。途中德屏說，畢璞雖然年逾九旬，行動有些不便，但能以歡樂的心情迎接老年，不與兒孫合住公寓，怕給家人帶來不便，所以獨居於此，雇請菲傭照顧，生活非常安適。我聽了，心裡也開始安適起來，覺得她是一個慈藹安詳而有智慧的長者。

見面之後，我更覺安適了。記得我第一次見到畢璞，是民國五十年的秋冬之際，在西門町附近康定路的一棟木造宿舍裡，居室比較狹窄；畢璞當時雖然親切招待，但總顯得態度拘謹。相隔五十三年，畢璞現在看起來，腰背有點彎駝，耳目有些不濟，但行動尚稱自如，面容聲音卻似乎數十年如一日，沒有什麼明顯的變化。如果要說有變化，那就是變得更樸實自然，沒有絲毫的窘迫拘謹之感。

由於德屏的善於營造氣氛、穿針引線，由於穎萍的沉默嫻靜，只做一個忠實的旁聽者，那天下午，我和畢璞有說有笑，談了不少往事，讓我恍如回到五十三年前的青春年代。那時候，我才十八歲，剛考上台大中文系，剛到陌生而充滿新鮮感的臺北，常投稿報刊雜誌，常拜訪前輩作家。有一天，我到西門町峨嵋街救國團去領新詩比賽得獎的獎金，順道去附近的《聯合報》和《公論報》社。我到《公論報》社問起副刊主編畢璞，說明我常有作品發表，就有人給了我她家的住址。距離報社不遠，在成都路、西門國小附近。那時候我年輕不懂事，大家也少用電話，所以就直接登門造訪了。見面時談話不多，記憶中，畢璞說過她先生也在《公論報》上班，她如何編副刊，還有她兒子正讀師大附中，希望將來也能考上台大等。辭別時，畢璞說了一句，聽說台大校園春天杜鵑花開得很盛很好看。我謹記這句話，所以第二年的春天，投稿信中附帶留言，歡迎她跟朋友來台大校園玩。就因為這樣，畢璞和鍾麗珠在民國五十一年的春季，相偕來參觀台大校園。

確切的日期記不得了。畢璞說連哪一年她都不能確定。我翻開我隨身帶來送她的光啟版散文集《微波集》，指著一篇〈鄉愁〉後面標明的出處，民國五十一年四月二十七日發表於《公論副刊》。經此指認，畢璞稱讚我的記性和細心，而且她竟然也記起了當天逛傅園後，我請她們到福利社吃牛奶雪糕的往事。

很多人都說我記憶力強，但其實也常有模糊或疏忽之處。例如那一天下午談話當中，我提起雨中路過杭州南路巧遇《自由青年》主編呂天行，以及多年後我在西門町日新歌廳前再遇見他，聽他告訴我「驚天大祕密」的時候，確實的街道名稱，我就說得不清不楚，更糟糕的是，畢璞再次提起她主編《婦友》月刊的期間，真不記得邀我寫過專欄。一時間，我真無辭以對。當事人都這麼說了，我該怎麼解釋才好呢？好在我們在談話間，曾提及王璞、呼嘯等人，似乎又給了我重拾記憶的契機。

我私下告訴德屏，《婦友》確實有我寫過的詩歌專欄，雖然事忙只寫了幾期，但這些文章後來都曾收入我的《先秦文學導讀‧詩辭歌賦》和《從詩歌史的觀點選讀古詩》等書中，白紙黑字，騙不了人的。會不會畢璞記錯，或如她所言不在她主編的期間別人約的稿呢？

那天晚上回家後，我開始查檢我舊書堆中的期刊，找不到《婦友》，卻找到了王璞主編的《新文藝》和呼嘯主編的《青年日報》副刊剪報。他們都曾約我寫過詩詞欣賞專欄，印象中有一個與《婦友》大約同時。尋檢結果，查出連載的時間，《新文藝》是民國七十一年，《青年日報》則是民國七十七年。到了十月十二日，再比對資料，我已經可以推定《婦友》刊登我詩歌專欄的時間，應該是在民國七十七年七、八月間。

十月十三日星期一中午，我打電話到《文訊》找德屏，她出差不在。我轉請秀卿代查，傍晚她回覆，已在《婦友》民國七十七年七月至十一月號，找到我所寫的〈古歌謠選講〉，當時的總編輯就是畢璞。事情至此告一段落。記憶中，是一次作家酒會邂逅時畢璞約我寫的。寫了幾期，因為事忙，又遇畢璞調離編務，所以專欄就停掉了。這本來就是小事一樁，無關宏旨，豁達的畢璞不會在乎這個的，只不過可以證明我也「老來可喜」，記憶尚可而已。

三

「老來可喜」，是畢璞當天送給我看的兩本書，其中一本散文集的書名，語出宋代詞人朱敦儒的〈念奴嬌〉詞。另外一本是短篇小說集，書名《有情世界》。根據書後所附的作品目錄，原來畢璞的作品集，已出三、四十本。她挑選這兩本送我看，應該有其用意吧。看《老來可喜》這本散文集，可知她的生平大概；看《有情世界》這本短篇小說集，則可知她的小說特色所在。初讀的印象，她的作品，無論是散文或小說，從來都不以技巧取勝，就像她的筆名一樣，是未經琢磨的玉石，內蘊光輝，表面卻樸實無華，然而在樸實無華之中，卻又表現出一個共同的主題。一言以蔽之，那就是「有情世界」。其中有親情、愛情、人情味以及生活中的情趣。因此，讀來特別溫馨感人，難怪我那罕讀文藝創作的妻子，也自稱是她的忠實讀者。

讀畢璞《老來可喜》這本散文集，可以從中窺見她早年生涯的若干側影，以及她自民國三十八年渡海來台以後的生活經歷。其中寫親情與友情，敘事中寓真情，雋永有味，誠摯而動人。寫懷才不遇的父親，寫遭逢離亂的家人，寫志趣相投的文友，娓娓道來，真是扣人心弦。

其中〈西門懷舊〉一篇，寫她康定路舊居的一些生活點滴，更讓我玩味再三。即使寫她身邊瑣事的小小感觸，寫愛書成癡，愛樂成癡，寫愛花愛樹，看山看天，也都能使我們讀者體會到「生命中偶得的美」，享受到「小小改變，大大歡樂」。「生命中偶得的美」和「小小改變，大大歡樂」，正是她文集中的篇名。我們還可以發現，身經離亂的畢璞，涉及對日抗戰、國共內戰的部分，著墨不多，多的是「此身雖在堪驚」，「老來可喜，是歷遍人間，諳知物外」。這也正是畢璞同一時代大多婦女作家的共同特色。

讀《有情世界》這本小說集，則可發現：畢璞散文中寫得比較少的愛情題材，都寫進小說裡了。畢璞說過，小說是她的最愛，因為可以滿足她的想像力。讀完這十六篇短篇小說，我們確實可以發現，她的小說採用寫實的手法，勾勒一些時代背景之外，重在探討人性，敘寫一些有情有義的故事。特別是愛情與親情之間的矛盾、衝突與和諧。小說中的人物和故事，有真有假，「真」的往往是根據她親身的經歷，「假」的是虛構，是運用想像，無中生有塑造出來的。她把它們揉合在一起，而且讓自己脫離現實世界，置身其中，成為小說中人。

因此，我讀畢璞的短篇小說，覺得有的近乎散文。尤其她寫的書中人物，大都是我們城鎮小市民日常身邊所見的男女老少，故事題材也大都是我們城鎮小市民幾十年來所共同面對的移民、出國、旅遊、探親等話題。或許可以這樣說，較之同時渡海來台的作家，畢璞寫的小說，罕有激情奇遇，缺少波瀾壯闊的場景，也沒有異乎尋常的角色，既沒有朱西甯、司馬中原筆下的鄉野氣息，也沒有白先勇筆下的沒落貴族，一切平平淡淡的，可是就在平淡之中，卻能給人親近溫馨之感。表面上看，她似乎不講求寫作技巧，但仔細觀察，她其實是寓絢爛於平淡。像〈生命共同體〉一篇，寫范士丹夫婦這對青梅竹馬的患難夫妻，到了老年還為要不要移民美國而引起衝突，高潮迭起，正不知作者要如何收場，這時卻見作者藉描寫范士丹的一些心理活動，利用廚房下麵一個小情節，就使小說有個圓滿的結局，而留有餘味。〈春夢無痕〉一篇，寫梅湘退休後，到香港旅遊，在半島酒店前香港文化中心，竟然遇見四十多年前四川求學時代的舊情人冠倫。四十多年來，由於人事變遷，兩岸隔絕，二人各自男婚女嫁，都已另組家庭，正不知作者要如何安排後來的情節發展，這時卻見作者利用梅湘的一段心理描寫，也就使小說有個出人意外而又合乎自然的結尾，不會予人突兀之感。這些例子，說明了作者並非不講表現藝術，只是她運用寫作技巧時，合乎自然，不見鑿痕而已。所以她的平淡自然，不只是平淡自然，而是別有繫人心處。

四

畢璞同時的新文藝作家，有三種人給我的印象特別深刻。一是軍中作家，以寫新詩和小說為主，強調創新和現代感；二是婦女作家，以寫散文為主，多藉身邊瑣事寫人間溫情；三是鄉土作家，以寫小說和遊記為主，反映鄉土意識與家國情懷。這是二十世紀五、六十年代前後臺灣新文藝發展史上的一大特色。這三類作家的風格，或宏壯，或優美，雖然成就不同，但套用王國維的話說，都自成高格，自有名句，境界雖有大小，卻不以是分優劣。因此有人嘲笑婦女作家多只能寫身邊瑣事和生活點滴，那是學文學的人不該有的外行話。

畢璞當然是所謂婦女作家，她寫的散文、小說，攏總說來，也果然多寫身邊瑣事，或者說，多藉身邊瑣事寫溫暖人間和有情世界。但她的眼中充滿愛，她的心中沒有恨，所以她的筆端流露出來的，每一篇作品都像春暉薰風，令人陶然欲醉；情感是真摯的，思想是健康的，真的適合所有不同階層的讀者。

一般而言，人老了，容易趨於保守，失之孤僻，可是畢璞到了老年，卻更開朗隨和，更為豁達，就像玉石，愈磨愈亮，愈有光輝。她特別欣賞宋代詞人朱敦儒的「老來可喜」那首〈念奴嬌〉詞。她很少全引，現在補錄如下：

老來可喜，是歷遍人間，諳知物外。
看透虛空，將恨海愁山，一時挼碎。
免被花迷，不為酒困，到處惺惺地。
飽來覓睡，睡起逢場作戲。

休說古往今來，乃翁心裡，沒許多般事。
也不蘄仙不佞佛，不學栖栖孔子。
懶共賢爭，從教他笑，如此只如此。
雜劇打了，戲衫脫與獃底。

朱敦儒由北宋入南宋，身經變亂，歷盡滄桑，到了晚年，勘破世態人情，不但主張不學栖栖皇皇的孔子，說什麼經世濟物，而且也認為道家說的成仙不死，佛家說的輪迴無生，都是虛妄的空談，不可採信。所以他自稱「乃翁」，說你老子懶與人爭，管它什麼古今是非，說人生在世，就像扮演一齣戲一樣，各演各的角色，逢場作戲可矣，何必惺惺作態，說什麼愁呀恨呀。一旦自己的戲份演完了，戲衫也就可以脫給別的傻瓜繼續去演了。這首詞表現的人生觀，雖然豁達，卻有些消極。這與畢璞的樂觀進取，對「有情世界」處處充滿關懷，是不相契的。我想畢璞喜愛它，應該只愛前面的幾句，所以她總不會引用全文，有斷章取義的意思吧。

畢璞《老來可喜》的自序中，說西方人把老年分成三個階段：從六十五歲到七十五歲是「初老」，從七十六歲到八十五歲是「老」，八十六歲以上是「老老」；又說「初老」的十年是人生最美好的黃金時期，不必每天按時上班，兒女都已長大離家，內外都沒有負擔，沒有工作壓力，智慧已經成熟，人生已有閱歷，身體健康也還可以，不妨與老伴去遊山玩水，或抽空去學習一些新知，以趕上時代。想做什麼就做什麼，豈非神仙一般。畢璞說得真好，我與內子現在正處於「初老」的神仙階段，也同樣覺得人間有情，處處充滿溫暖，這幾天讀畢璞的書，益發覺得「老來可喜」，可喜者三：老來讀畢璞《老來可喜》，一也；不久之後，可與老伴共讀「畢璞全集」，二也；從今立志寫自己不像傳記的傳記，彷彿回到自己的青春時期，三也。

民國一〇三年十月十五日初稿

（吳宏一：學者，作家，曾任臺灣大學中文系教授、香港中文大學中文系、香港城市大學中文、翻譯及語言學系講座教授，著有詩、散文、學術論著數十種。）

【自序】長溝流月去無聲——七十年筆墨生涯回顧

畢璞

「文書來生」這句話語意含糊，我始終不太明瞭它的真義。不過這卻是七十多年前一個相命師送給我的一句話。那次是母親找了一位相命師到家裡為全家人算命。我從小就反對迷信，痛恨怪力亂神，怎會相信相士的胡言呢？當時也許我年輕不懂，但他說我「文書來生」卻是貼切極了。果然，不久之後，我就開始走上爬格子之路，與書本筆墨結了不解緣，迄今七十年，此志不渝，也還不想放棄。

從童年開始我就是個小書迷。我的愛書，首先要感謝父親，他經常買書給我，從童話、兒童讀物到舊詩詞、新文藝等，讓我很早就從文字中認識這個花花世界。父親除了買書給我，還教我讀詩詞、對對聯、猜字謎等，可說是我在文學方面的啟蒙人。小學五年級時年輕的國文老師選了很多五四時代作家的作品給我們閱讀，欣賞多了，我對文學的愛好之心頓生，我的作文成績日進，得以經常「貼堂」（按：「貼堂」為粵語，即是把學生優良的作文、圖畫、勞作等掛在教室的牆壁上供同學們觀摩，以示鼓勵）。六年級時的國文老師是一位老學究，選了很多古文做教材，使我有機會汲取到不少古人的智慧與辭藻；這兩年的薰陶，我在不知不覺中變成了文學的死忠信徒。

上了初中，可以自己去逛書店了，當然大多數時間是看白書，有時也利用僅有的一點點零用錢去買書，以滿足自己的書癮。我看新文藝的散文、小說、翻譯小說、章回小說……簡直是博覽群書，卻生吞活剝，一知半解。初一下學期，學校舉行全校各年級作文比賽，小書迷的我得到了初一組的冠軍，獎品是一本書。同學們也送給我一個新綽號「大文豪」。上面提到高小時作文「貼堂」以及初一作文比賽第一名的事，無非是證明「小時了了，大未必佳」，更彰顯自己的不才。

高三時我曾經醞釀要寫一篇長篇小說，是關於浪子回頭的故事，可惜只開了個頭，後來便因戰亂而中斷，這是我除了繳交作文作業外，首次自己創作。

第一次正式對外投稿是民國三十二年在桂林。我把我們一家從澳門輾轉逃到粵西都城的艱辛歷程寫成一文，投寄《旅行雜誌》前身的《旅行便覽》，獲得刊出，信心大增，從此奠定了我一輩子的筆耕生涯。

來台以後，一則是為了興趣，一則也是為稻粱謀，我開始了我的爬格子歲月。早期以寫小說為主。那時年輕，喜歡幻想，想像力也豐富，覺得把一些虛構的人物（其實其中也有自己和身邊的人的影子）編出一則則不同的故事是一件很有趣的事。在這股原動力的推動下，從民國四十年左右寫到八十六年，除了不曾寫過長篇外（唉！宿願未償），我出版了兩本中篇小說、十四本短篇小說、兩本兒童故事。另外，我也寫散文、雜文、傳記，還翻譯過幾本英文小說。到民國一〇一年，我總共出版過四十種單行本，其中散文只有十二本，這當然是因為散文字數少，不容易結集成書之故。至於為什麼從民國八十六年之後我就沒有再寫小說，那是自覺年齡大了，想像力漸漸缺乏，對世間一切也逐漸看淡，心如止水，失去了編故事的浪漫情懷，就洗手不幹了。至於散文，是以我筆寫我心，心有所感，形之於筆墨，抒情遣性，樂事一樁也，為什麼放棄？因而不揣譾陋，堅持至今。慚愧的是，自始至終未能寫出一篇令自己滿意的作品。

為了全集的出版，我曾經花了不少時間把這批從民國四十五年到一百年間所出版的單行本四十種約略瀏覽了一遍，超過半世紀的時光，社會的變化何其的大：先看書本的外貌，從粗陋的印刷、拙劣的封面設計、錯誤百出的排字；到近年精美的包裝、新穎的編排，簡直是天淵之別。由此也可以看得出臺灣出版業的長足進步。再看書的內容：來台早期的懷鄉、對陌生土地的神奇感、言語不通的尷尬等；中期的孩子成長問題、留學潮、出國探親；到近期的移民、空巢期、第三代出生、親友相繼凋零……在在可以看得到歷史的脈絡，也等於半部臺灣現代史了。

坐在書桌前，看看案頭成堆成疊或新或舊的自己的作品，為之百感交集，真的是「長溝流月去無聲」，怎麼倏忽之間，七十年的「文書來生」歲月就像一把把細沙從我的指間偷偷溜走了呢？

本全集能夠順利出版，我首先要感謝秀威資訊科技股份有限公司宋政坤先生的玉成。特別感謝前台大中文系教授吳宏一先生、《文訊》雜誌社長兼總編輯封德屏女士慨允作序。更期待著讀者們不吝批評指教。

民國一〇三年十二月

一

一面收拾著早餐的桌子，一面注視著窗外的斜風細雨，李小丹喃喃自語著：「鬼天氣！又下雨了。」

她把碗盤端到廚房裡去洗，看見她的姊姊小碧正蹲在地上洗衣服，大肚子挺得高高的，樣子好不吃力！她皺著眉說：「姊姊，找個人來洗衣服吧！你真會累壞的哩！」

「過幾天再說吧！」做姊姊的喘著氣說，她正用雙手在洗衣板上搓揉著一條又厚又硬的卡嘰褲。

「要不，你就教我洗吧！」小丹咬著牙說。她放下洗滌中的碗筷，就走過來要搶姊姊手中的衣服。

「你不會洗的，別搗亂吧！」小碧推開了小丹的手，仍然低下頭去幹活兒。歇了一會，她又說：「小丹，我看，你試試看去買一天菜怎麼樣？我過幾天就要生了，到時這個家就不得不交給你了。你姊夫收入少，在我的月子裡，我看只能請個人洗衣服，至於燒飯，就只好委屈你啦！」

「知道了，要買什麼，你告訴我吧！」小丹有點不耐煩地回答。她並不是不願意幫她姊姊做家事，但是，小碧的嘮叨和婆婆媽媽勁卻使她吃不消。她常常可憐她的姊姊，才結了婚一年多的人，怎麼一下子就變成這樣呢？尤其是到了臺灣的這幾個月以來，更是變得厲害！唉！也難怪她，在家鄉裡過著少奶奶生活的她，怎想得到如今要蹲在地上洗衣服呢？

「你洗過碗再去好了。我現在先告訴你要買些什麼：炒的牛肉四兩，菠菜半斤，排骨六兩，蘿蔔一個，葱一把，順便要一個小紅辣椒。啊！還要買幾個蒜頭。」小碧一面漂洗著衣服，一面吩咐著妹妹。

「怎麼這樣囉嗦，我記不了，你寫下來吧！」小丹撅起了嘴不高興地說。

「好好好，等下我把它寫下來。小丹，做姊姊的真對你不起，竟要你去做這些佣人做的事，要是早知道我們到了這邊會這樣苦，我就不敢帶你來了。唉！一切都是天意！要是你考取了臺大也就不同，唉！差就差了一分！」小碧不住的長吁短嘆著。

「姊姊，你又來了，難道你一天不說這幾句話就不行？我看你呀！簡直變成個老太婆了。」一聽見姊姊又在發牢騷，小丹的氣就沖了上來。

「老太婆就老太婆吧！反正女人一結了婚就完了，我勸你千萬不要像我這樣早結婚才好。」

小丹洗過了碗，沒有再理會小碧，就逕自到外邊打掃地方去。等她打掃完畢，小碧已拿了一張列好要買的東西的單子和一張十元鈔票出來，她把單子和錢交給了妹妹，又萬吩萬咐的叫她要選好的和記得講價錢。小丹對鏡攏了攏頭髮，穿上一件半舊的外套，拿了一把破雨傘，提著菜籃，就出門去。

因為陰雨的關係，島上的初冬已有點寒意。小丹一手撐著傘，一手提著菜籃，感到手指頭冷冰冰的；她不由得想起：如果是在家鄉裡，這該是坐在火爐旁邊吃糖炒板栗和烤白薯的時候了，如今，她們卻是有家歸不得！

世事是多麼的難以逆料！四個多月以前，她還是父母跟前的嬌女，剛從高中畢業，前途充滿了幸福與光明；誰想得到，就在這個時候，她的命運——也是全國同胞的命運——在赤禍橫流下，就來了一次逆轉。為了奔向自由，她跟隨著姊夫和姊姊渡海來到臺灣，於是，這一海之隔，就此隔斷了她幸福的日子。

她從來不曾上過菜場，也不曾提過菜籃在路上走，若是在家鄉，她一定會因為怕遇見同學而不肯，但今天她已無所謂了，反正她在這裡又認不得任何人。

菜市場離她們家很近，一下子就到了。在那個亂哄哄的環境中，她突然怕起來，感到不知所措，尤其是當她聽到那陌生的言語時，更有著置身異域的感覺。她把姊姊交給她的單子拿出來，靠著手勢的幫助，總算順利地買了幾樣。最後，她站在一個菜攤前面，看著那一堆堆雪白的蘿蔔，在發愁不知怎樣去挑選。賣菜的老婦好心地對她笑著，露出了滿口金牙，用極其生硬的國語說：「太太，這個菜頭卡漂亮啦！卡便宜啦！」

什麼？她叫我太太？小丹脹紅著臉，又羞又惱，也不管菜是否買完，掉頭就走。從泥濘的市場跑到泥濘的街道上，小丹乾脆連雨傘也不打，讓冰冷的雨絲飄落在她的髮上和臉上，彷彿這樣才能澆熄她心頭的怒火。十八歲的我，會像個太太？這簡直是侮辱嘛！說什麼都可以，這菜場我絕對不再來！要是姊姊進了醫院留產，就讓姊夫來買吧！我可不能再讓人叫太太！

走到巷子口，她遇到了住在對門的一個少女。那少女穿著一件鮮紅色連帽雨衣，還配著一雙鮮紅色的雨靴，堆著滿臉的微笑，艷麗得像一朵帶露的玫瑰；她的手掛在一個高大英俊的男友的臂膀上，兩人邊走邊談笑著，從小丹的身旁擦過。小丹遠遠看見他們就下意識地低頭疾走，唯恐被他們看見了她提著菜籃的「醜態」，事實上，她和那少女也並不認識，不過彼此知道是鄰居而已。

等這一對戀人走了過去，小丹卻又偷偷地轉過頭去，不勝羨慕地凝望著他們偎依著的背影。她羨慕的不只是那少女有個溫存的男友，最主要的還是那身時髦的打扮呵！

剛才在菜場被人「侮辱」了一番，此刻又受到一次「刺激」，小丹的心情激動得有如波濤洶湧的大海，憤怒、哀傷與自憐的情緒交雜著使得她的胸中好像充滿了行將爆炸的火藥。她用近乎是奔跑的快步急走回家，菜籃丟在廚房的地上，一言不發，就倒在床上痛哭起來。在那間八疊大小的會客室中，小碧為妹妹用布幔隔了一間小小臥室，雖則僅容一床一几，但這卻是小丹的小天地，她在這裡睡覺，也在這裡做她的白日夢。

小碧正在自己房中縫補衣服，她看見妹妹回家時氣沖沖的樣子就知道有點不妙，果然，幾分鐘之後，她就聽見了嗚咽的聲音。走出去掀起小丹床前的布幔，小碧看見妹妹正伏在床上痛哭，於是，她問：「小丹，怎麼啦？什麼事情使你難過？」

「還不是為了你？」一腔怒火無處發洩，小丹竟然遷怒到姊姊身上。

「為了我？」小碧簡直被她弄得莫名其妙。

「以後別想要我去買菜了，我受不了！」小丹一面哭一面說。

「小丹我早就知道不該要你去，你是我的妹妹，不是下女呵！要是媽曉得，還以為我在虐待你哩！怪就怪你姊夫沒用，請不起下女吧！」被妹妹頂撞了兩句，小碧的聲音顫抖著，她也快要哭出來了。「好，他不替我請下女，明天起就要他自己去買菜。誰叫他沒有用呢？活該。」由於妹妹的責怪，她不自覺地就把怨氣發洩到不在場的丈夫身上，但是，心裡又覺萬分委屈，說完了，她也就奔回自己房間內痛哭起來。

姊姊一哭，小丹倒覺得有點不忍了。她原來是無意怪姊姊的，可是，她在家一向任性慣了，比她大三歲的姊姊總是把她當小孩子看待，如今不在父母身邊，姊姊無形中就成了她撒野的對象。

「姊姊，是我不好，我不應該怪你的，你別哭好嗎？」小丹從床上爬起來，擦乾了眼淚，走到姊姊房間去勸慰姊姊。

「小丹，你以為我喜歡你替我做家務嗎？我是要你在這裡過著舒舒服服的小姐生活才高興呵！誰想得到你姊夫來到臺灣以後的運氣這麼壞，害得我們大家受苦！」妹妹已自動和解，小碧也就不再哭了。

「也別怪姊夫了，我們該怪共產黨才對！姊姊，爸爸媽媽現在不知道怎樣了？你想他們苦呢還是我們苦？」小丹捱著姊姊，在竹榻的邊沿上坐下。

「傻丫頭！當然是他們啦！啊！可憐的爸爸媽媽！」想起了分別數月，留在上海杳無音訊的父母，小碧已乾的眼淚又流了出來。於是這兩姊妹重又抱頭痛哭。

哭倦了，姊妹倆手拉著手到廚房去做飯。小碧把菜籃裡的菜拿出來，誇讚小丹成績尚不錯，她說，當她在這裡的第一天去買菜時，所買回來的幾乎都是最壞的貨色哩！

「姊姊，你猜我剛才為什麼生氣？」氣過了，小丹忽然覺得今天的遭遇有點好玩，她要告訴姊姊。

「你不是不高興去買菜嗎？」小碧小心地說，她很怕又觸發了妹妹的脾氣。

「不是，是因為那個賣菜的老太婆叫我太太。」

「原來是為了這一點小事生氣，真犯不著！」小碧不覺笑了起來。

「姊姊，我像不像個太太？」小丹不放心地問。

「你呀！你像個美麗的洋娃娃！那老太婆瞎了眼，你別理她就是！不過，我聽說臺灣女人多數早婚，十七八歲結婚的多的是，所以她叫你太太也就不足為奇。」小碧暱愛地摸了摸妹妹的嫩頰。

「姊姊，其實你結婚也是太早一點，要不然，你今天還是個年輕的小姐哩！」小丹望著姊姊的大肚子，不勝感慨地說。

「是呀！所以我叫你千萬不要學我。」小碧不禁又嘆了一口氣。

小丹的姊夫利澤民在省級機關裡當一名課員，受了妻子的囑咐，第二天特別提早半小時起床，在上班前先到菜場去買菜。但是，結果他幾乎是空手回來，因為菜場中大部分攤販還沒有開始做買賣。小碧沒說什麼，等丈夫上班以後，她加速的把衣服洗完，就準備自己去買。

小丹也一直沒說什麼，當小碧提著菜籃出門的一剎那，她就從後面走過去把菜籃搶住，自告奮勇要替姊姊去買。

「你不是怕人叫你太太嗎？」小碧頗為意外地看著她這個喜怒無常的妹妹。

「現在我不怕了，要是她再叫我，我就大大方方地應她。」小丹轉動著她那雙靈活的大眼珠，頑皮地說。

「你要肯去，當然最好，因為我也買不了幾天了。這樣吧！今天我們就一起去，我可以教你怎麼買。」

二

小碧的孩子冬兒生下來以後，家中的瑣務更多了。小碧雖然極力不讓小丹去做，但她一個人卻又的確忙不過來；小丹看著姊姊天天忙得昏頭昏腦她又何忍袖手旁觀？於是，她也只好幫著她一道忙。日子在忙碌而煩悶中一天天的過去，他們渡過了在臺灣的第一個新曆年和舊曆年，又迎接了在臺灣的第一個春天。

在美好的春光中，小丹的心情卻是苦惱的，她常常無故地長吁短嘆，或者是呆呆地對著窗口出神好半天。小碧知道妹妹的心事，她總是勸她要利用這些日子用功自修，好準備秋天再度投考。然而，小丹卻似乎對讀書不再有興趣了，從大陸帶出來的幾本高三的課本她根本就擱在箱子裡不曾拿出來過，來臺灣以後買的兩本參考書也一直擺在架子上一任塵封。她另有她的打算，她想找份工作自營獨立生活而不願靠姊夫吃飯。可是這也只是她的打算而已，她在這裡人地生疏，誰也不認識，又到那裡去找工作呢？

有一天，小丹從市場裡買菜回來，她發現有一張包麵條的報紙是整張的，很乾淨，正是登載副刊那一版，就把它摺疊起來，準備有空時看。為了節省開支，小碧連報紙也沒有訂，姊妹倆平日難得看到報紙，她們經常是在包東西的舊報紙裡看「新聞」的。

下午，沒有事的時候，小丹就躺在床上細細地「享受」那張舊報紙。她看完了副刊的每一篇文章，欣賞了每一塊電影廣告，又翻過去瀏覽了一番經濟新聞，最後，甚至連所有的廣告也看了，偶然，她的目光停留在一則小廣告上面：

「招考播音員：高中畢業，廿五以下未婚女性。操流利國語者，請於本月十日以前來本台面試」

啊！播音員！這是多新鮮的名詞！多輕鬆的工作！這一切條件我都合格，為什麼不去試試？可是，那上面寫著本月十日截止，這是一張舊報紙，恐怕早就過期了！她惶恐地審視著報頭的日期：三十九年五月八日，又看了看牆頭的日曆，立刻狂喜地跳下床來。今天是五月十四日，才過了四天，也許那家廣播電台還沒有找到合適的人呢？無論如何我得去碰碰運氣。

她衝進小碧的房間裡，搖醒了正在午睡的姊姊，也吵醒了剛睡著的小外甥。她把這個自認為好消息的告訴了小碧，小碧睡眼朦朧，也沒說什麼。

小丹立即就對鏡仔細的打扮起來，她的頭髮在到了臺灣以後就電燙了，此刻，又借小碧的口紅塗上嘴唇，看來倒也像個大人樣子。她穿上了最好出客服裝，借了小碧皮包挽著，就準備出門去。臨走時，她對姊姊說：「十九歲出來做事好像太年輕一點了，我騙他們說二十歲好不好？」

「不要騙人嘛！要是人家要看你的畢業證書和身分證呢？那你怎麼辦？」小碧說。

「這樣吧！假如他們不看證件我就騙。」小丹頑皮地對姊姊吐了吐舌頭，一路搖晃著手皮包，跳蹦蹦的走了。

按著地址，小丹找到了那家廣播電台，是在一間商店的樓上。因為是剛成立的，小得可憐，進門就是辦公廳兼會客室，只有三四個男人坐在那裡。小丹一出現，幾雙眼睛立刻都瞪著她；坐在靠門處的一個人問她找誰，她畏怯地說我是來應考播音員的。

「應考播音員？呵！對不起！我們已經考過了。」那個人說。

小丹失望地回轉身，垂頭喪氣的正要下樓梯時，她聽見了那人又在叫：「小姐，請您等一下。」

「你是找我嗎？」小丹回過頭去問。

「是的，我們總經理請您進去談談。」那個人站起身來，領小丹走到裡邊靠窗口的一張辦公桌面前。

總經理是一個服裝隨便的中年男子，他微笑著請小丹在他對面坐下，就問：「這位小姐您是看報還是聽了廣播來報名的？」

「看報上廣告知道的。」

「那麼您為什麼不早一點來呢？我們是規定十號截止的。」

「那幾天我生病了。」這是小丹在路上就準備好了的謊言。

「府上是哪裡？」

「江蘇，但我的母親是北平人。」

「怪不得您的國語說得這樣好！您是什麼時候到臺灣來的？府上現在有什麼人？」

「我們是去年六月來的，現在我和姊姊姊夫住在一起。」

「在哪裡上學？」

「我去年夏天在上海愛國女中畢業，現在沒有升學。」

「將來打算升學嗎？」

「不一定，得看經濟情形而定。」

「您的一切條件都很合乎我們的要求，這樣吧！我願意破例給您考一考，要是成績好，您可以列為備取，一有空缺，我們就錄用您。現在，請您把這一張報名單填一填。」總經理遞給小丹一張表格，還遞給她一枝鋼筆。

小丹填好報名單，總經理已叫人去請了負責主考的節目部主任出來。那是一個面無表情、戴著深度近視眼鏡，穿著藍布大褂的老處女型中年女性。

「這位是我們節目部的呂主任，這位是來報考的——李小丹小姐。」總經理一面看著小丹所填的報名單，一面為她們介紹著。

「李小姐以前播過音沒有？」呂主任一雙冷峻的目光透過鏡片掃射著小丹，使得小丹害怕地低下了頭。

「沒有，我剛從學校裡出來。」她怯怯地說。

「呂小祖，我看你現在就考考她吧！」總經理說。

呂小姐找了一份當天的報紙交給小丹說：「你把這一篇社論唸給我們聽。」

小丹用顫抖的手拿著報紙，看了半分鐘，就用顫抖的聲音開始唸。她的國語是純熟標準的，音色也是清脆悅耳的；但是，她太緊張了，她讀得結結巴巴，毫不流利，還好這篇社論並沒有生字，否則她的成績就更糟了。

唸完了，她看見那位呂小姐和總經理很迅速的交換了一個似乎是表示滿意的眼色。呂小姐對她說：「我再拿些稿子給你唸。」

這一次呂小姐給她唸的是幾份商業廣告稿，顯淺而通俗的字句，比社論易讀得多；加上剛才的經驗，小丹這次就不再那樣結結巴巴了。

她放下了手中的廣播稿，總經理就這樣對她說：「李小姐，您回去等候我們的通知吧！在三天內我們就會通知您。」

她站起來，對總經理鞠躬道謝，也向呂小姐說了聲再見，然後懷著興奮而又不安的心情回家去。

在家裡她不斷地纏著姊姊，和她研究自己到底有沒有被錄取的希望。總經理的破例准她應考，還有那似乎是表示滿意的眼色，這都是使她安心的事實；但是，她顫抖的聲音，一句一停的毛病，那個滿口京片子說話像把刀的老處女會通過嗎？小丹像發了神經病似地日夜不停嘮叨著這一切，吵得小碧也心煩了，幸虧電台的通知書在第二天傍晚便寄到，這才解救了小碧的耳邊之災。

這一紙通知書給小丹帶來了意想不到的收穫，她不但被錄取，還要在三天之內報到（總經理原來說是備取的）。呵！我有工作了，而且它得來這樣容易，這一定是冬兒帶來的好運呵！小丹跳了起來，重重地吻著小外甥的面頰，又拉著姊姊團團轉地跳起舞來，她簡直高興得想要大叫大跳了。

三

小丹正式當播音員是一個月以後的事、她報到後曾經接受了一個月表面是訓練，實際是試用的工作。擔任訓練她的就是那個節目部主任呂葆真。這位貌似老處女的女人，其實是個兒女成群的中年太太，她的丈夫也是個小公務員，沒有辦法養活一家大小，所以她不得不丟下兒女出來工作。經過了短期的相處，小丹發現呂葆真也並不如自己想像中的可憎，在工作上她固然是非常嚴格，而且喜歡挑眼兒，但她的心腸也並不壞，在私底下，她總是視小丹如同自己的小妹妹，甚至是女兒。

她開始正式播音是當的中午班，因為這是比較輕鬆的一段時問。當早班的是一位很洋派時髦的小姐，晚班的是一位正在唸大學的女生，此外，還有一位本省青年擔任臺語節目；這四個播音員，加上做主任的呂葆真，就構成了整個節目部。外面辦公廳中，除了那位王總經理外，還有一個工程師，一個會計，一個編輯，一個工友，那就是電台的全部工作人員了。

這份工作非常的適合小丹的個性，它既不須用頭腦，也不必像一般公務員那樣枯坐冷板凳。輪到她當班的時候，她只消按時唸唸有詞地讀讀廣告，放放唱片；沒有班的時候，她就在休息室中和同事們聊天說笑。儘管她每天的當班時間只有六小時，但她總是非要玩到盡興不回姊姊的家。

起初，因為她上午不用去上班，小丹在家裡還照常的擔任著買菜的任務；沒有多久，她就覺得自己身為播音小姐，不屑再做這種婆婆媽媽的工作而往往藉口有事，提早出去，以逃避這件「苦差」。不過，她到底是個心地善良的少女，這樣做又覺得對不住姊姊；於是，在她領到第一個月的薪水時，她就拿出一半來交給姊姊，叫姊姊用來請一個下女。小碧明白妹妹的心意，但她哪裡肯收這筆錢呢？她說：「這是你辛苦賺來的錢，數目又不多，留著做幾件衣服穿吧！女孩子出來做事，總不能穿得太寒酸呵！我現在身子靈活，多做點工作沒有關係，也不必僱人了，你放心出去好了。」

姊姊對自己的體貼，使得小丹更感不安，但她卻寧願不安也不肯再去做那討厭的家事。在她的心目中，那些洗衣燒飯等瑣碎的事，就只適合留給家庭婦女們去操作。她這種觀念，雖然因為目擊了呂葆真的家庭生活而感到慚愧了一陣子，然而不久之後，這陣慚愧就變成了過眼雲煙。

有一個星期天，剛巧輪到小丹休假，而呂葆真在星期日照例是不用上班的。在星期六下班以前，她約小丹明天中午到她家吃水餃。小丹是巴不得整天在外的，當然一口答應。

呂葆真的家住在近郊，要坐大半個鐘頭的公共汽車才到。小丹一向認為姊姊現在的家已夠簡陋的了，沒想到，呂葆真的家又更有過之而無不及。大大小小六個人，擠在一間向人分租出來的八疊大小的房間裡，整個房間，除了一張矮矮的圓桌外，就空無一物；不過，這倒能免除了房小人多的凌亂之感。

小丹到的時候，呂葆真不在房間內，一個戴眼鏡的男人正在修理一把舊電扇，四個大大小小的孩子靜靜地圍坐在圓桌邊做功課，看起來都非常可愛。

「請問呂小姐在家嗎？」小丹站在玄關上問。

「哦！她在廚房裡。您是李小姐吧？請進來坐。大寶，你去告訴媽媽李阿姨來了。」戴眼鏡的男人丟下手中的工具站起來說。

「不要去打擾她，我到廚房去找她好了。」小丹不願和這個陌生的男人單獨相處，所以在門口躊躇著。

「阿姨，我帶你去。」一個最小的孩子站了起來，自告奮勇的出來招待小舟。

「呵！謝謝你。」小丹摸著孩子的頭說。

在後院那間烏煙瘴氣的公用廚房裡，小丹看到了她的上司呂主任的另一副面目。呂葆真平時固然也沒有打扮，但在辦公廳內，頭髮也總梳得服服貼貼，藍布大褂漿熨得平平整整；然而，此刻的她，首如飛蓬，面黃似蠟，身上一件花布旗袍已經褪成了灰白色。看外表，完全像個老媽子，誰又想得到這還是個燕京大學國文系的畢業生，能寫能播，而且在電台上指揮若定？小丹本來雖已知道呂葆真在家裡要自己燒飯；然而，當她親身目擊以後，她還是為了呂葆真的肯「紆尊降貴」而大吃一驚。

「媽媽，有一個阿姨來了。」呂葆真正在低頭剁肉，根本沒看到有人來，直至她的小兒子走過去喊她才知道。

「李小姐來了，這裡很髒，你先到外面坐好不好？」呂葆真抬起頭來微笑著招呼她的客人。她這一笑，現出了嘴邊兩道深深的皺紋，小丹覺得，呂葆真的樣子比她的實在年齡簡直老了十歲，憑這兩道皺紋，她就像個四十多歲的人。

「呂小姐，今天真是把你忙壞了，我來幫你做吧！」小丹雖然討厭家事，但因為她是來做客，不好讓主人獨自忙著，就討好似的這樣說。

「哎喲！你們小姐哪兒會懂這一套呵？還是乖乖的等著吃吧！」

「我怎麼不會呢？我在姊姊家——」小丹從來沒有把她在姊姊家的事清清楚楚地告訴過電台上的同事，這時不小心說溜了嘴，便半路停頓了下來。

「你在姊姊家也幫過她做飯是不是？」

「沒有，姊姊僱有下女，我不必幫忙，不過我有時也到廚房裡看看就是。」小丹扯著謊。

「你們這個下女好用不好用？會做北方菜嗎？」

「壞透了，又懶又笨！做的全是臺灣菜，樣樣都加糖加蒜頭，簡直使我每頓都吃不下飯。」小丹乾脆扯下去。她在心裡盤算著，萬一呂小姐她們到姊姊家裡來看她，就說下女請假回家去。

「真的嗎？那真是太難吃了！你們姊妹倆也該學著做菜才對呀！」

「呂小姐，那你又是怎樣學會的呢？」小丹怕再露出馬腳，趕忙換轉話題。

「我結婚十年了，就是不會也得會呀！再說，我一向不鬧小姐脾氣，做姑娘的時候我就常跟我媽學；否則的話，今天還得了？」

「呂小姐，你真是了不起！能文又能武！」小丹突然感到有點愧赧，她由衷地稱讚著呂葆真。

「笑話！這有什麼了不起？比我能幹的多著哩！這個年頭，誰不能吃苦誰就要倒下去！」

「嗯！」呂葆真這幾句話反而沒有感動小丹，她只是漫應著。因為她到底太年輕了，她還不能了解這些話的真義。

「來，我們到房間裡，我教你包餃子。站了這麼久，你一定很累了。」呂葆真剁好了猪肉，又斬碎了一大盆白菜；她讓小丹幫她捧著白菜，兩人就走回房裡。

房間裡，戴眼鏡的中年男人還在修理電扇，四個孩子還在做功課。孩子們看見呂葆真領著客人進來，就都紛紛收拾面前的東西，騰出空桌子，看來他們是被訓練得極其規矩的。

「李小姐，這是外子丁永勤。」呂葆真向小丹介紹了她的丈夫，小丹對丁永勤含笑點了點頭，丁永勤也向她點點頭，說了一聲「請隨便坐」，就兀自低頭去工作。

「電風扇壞了，他得趁今天放假修好，否則過兩天天氣熱起來就沒有得用了。」呂葆真似乎是在替她那過於沉默的丈夫作解釋。

「丁先生真能幹！電風扇也會自己修。」小丹說。

「他會修理的東西多著哩！電器、鐘錶、鋼筆、自來水管、家具，哪一樣東西壞了都是他修的。」呂葆真頗為得意地看看她的丈夫，而丁永勤也感激地看了太太一眼。在這一刹那間，小丹覺得這一對夫婦的外表非常像，尤其是兩雙戴著眼鏡的近視眼。

「我爸爸是修理大家！」圍坐在一旁等著看包水餃的四個孩子中的一個這樣說，立刻引得閧堂大笑。

「你爸爸是修理大家，那你媽媽呢？」小丹笑著問。

「是燒飯大家！」最小的那個搶著回答，立刻又引起一場大笑。

「不對！媽媽是包水餃大家！」老三糾正了弟弟的錯誤，卻想不到她的話也引起一場更嚴重的大笑。

「你們兩人都不對！媽媽是廣播家。」九歲的大女兒以大姊姊的姿態說出了正確的答案，於是，除了呂葆真以外，大家都為她的答對而鼓掌。

「好了，別鬧了，我什麼家都不是，還是快點包水餃吧！」呂葆真以熟練的手法開始趕麵做皮，一面又教小丹怎樣包。在這一方面，小丹是笨拙的，她包的餃子既慢而又怪模怪樣；呂葆真包好十個，她才包好一個，使得旁觀的四個孩子也不禁要笑這位阿姨愚蠢。

四

從呂葆真家吃完了餃子出來才兩點多鐘，小丹不但不想這樣早回家去，而且也有點興猶未盡之感。餃子這種廉價的家常食品她並不愛吃，而她和呂葆真也因年齡與性格的不同而沒有什麼可談，所以，這一頓午餐對她是索然無味的。

坐公共汽車回到城裡，她在繁盛的衡陽街上徘徊著。看見街頭雙雙對對的青年男女，她突然閃過這樣一個念頭：假如我也有個男朋友多好！那樣的話，就不致於星期日獨自在馬路上徬徨了。當她這樣想著時，又不覺因為難為情而面頰飛紅起來，難道我竟想和人戀愛了嗎？然而，馬上她又為自己解釋著：不，我還沒有戀愛的興趣，我所需要的只是一個陪我去玩的人而已。

也許是臺北市根本沒有什麼可玩的地方，人們在假日就往往擠到衡陽街上去蹓躂的關係；李小丹在臺北一共才不過就認識那幾個人，而這幾個人中的一個就在這裡碰見了。

是她正在欣賞櫥窗中的一雙價昂的白高跟鞋的時候，有一個微帶羞澀的聲音在喚她。

她轉過身來，發現喚她的是她的同事蔡金郎——擔任臺語廣播的本省青年。蔡金郎臉紅紅的站在她面前微笑著，瘦削的臉和黑色的大眼睛似乎都煥發著光輝。

「哦！蔡先生，是你！」小丹對這位同事認識不多，但因工作關係，兩人在臺上相當接近，也算不得陌生。

「我剛剛從電臺出來，李小姐今天沒有班是不是？」

「嗯！我今天休息。呂主任請我去吃水餃，我才從她家出來。」

「是嗎？什麼時候我也該請請李小姐才對呵！」蔡金郎的眼光閃爍不定，眼睛一眨一眨的，因為他既想看小丹，但又不敢。

「好呀！那我先謝謝你了。」小丹隨口回答。

「李小姐現在要到那裡去？」

「隨便走走，沒有目的。」

「那麼，我現在就請你好不好？」蔡金郎的眼睛注視著自己的鞋尖，臉更紅了。

「那怎麼好意思？」不甘寂寞的小丹渴望著玩樂，毫無拒絕的意思。

「沒有關係嘛！我早就想請你的，但是一直不敢說出來，今天真是巧極了。」蔡金郎說到這裡，頓了一下。還不夠流利的國語使他無法一口氣說出太多的話。「我們先去看場電影，然後去吃晚飯好不好？」

「好吧！今天你請我，下次我請你。」小丹大大方方的馬上就答應了。

蔡金郎臉紅紅地帶著一點驕傲而又畏怯的表情傍著小丹一同走向西門町。在路上走的時候，小丹偷偷看了蔡金郎一眼，不覺暗笑起來。她想：我剛才希望有個男友陪我玩，現在真的就有了；但是，這個瘦弱矮小，穿著俗氣的湖水色絲質香港衫的青年，是否就有資格做我的男朋友呢？不，今天實在太無聊了，才答應他的邀請，下不為例呵！

那是一張頗為沉悶的文藝片，小丹和蔡金郎兩個人顯然都是不太喜歡文藝的，於是，蔡金郎不斷地逗著小丹談話，小丹卻以不斷的嗑瓜子作為答復，無聊地枯坐了快兩個小時。

從電影院出來，蔡金郎似乎不再羞澀了。這是盛夏八月的黃昏，霞彩滿天，照得街上的行人個個雙頰嫣紅；蔡金郎偷偷地看了看身邊青春煥發、活潑美麗的李小丹一眼，頓感躊躇滿志。他也不徵求小丹的同意就大模大樣地說：「我請你去吃日本料理去！」

小丹從來沒有吃過日本菜，也不知道是什麼味道；不過，對新奇的東西她總是有興趣的，她沒有說話就跟著蔡金郎走。

在一條狹窄的小巷裡，蔡金郎引著她走進一間門口掛著半截骯髒布帘的小店裡。兩人在一張沒有油漆的木頭桌子兩邊對坐下來，蔡金郎就用日本話嘰嘰咕咕地跟老闆說著話，他那種洋洋自得的表情，使得小丹突然感到有點憎厭。

很快的，店老闆就給他們送來兩盤粉紅色方塊的東西，另外還有一小碟綠色的醬和一小碟白色的細絲。

蔡金郎倒了一些醬油在綠色的醬上，一邊用筷子攪拌著一邊對小丹說：「李小姐，請用！」

「這是什麼？」小丹瞪著那盤奇怪的東西問。

「SA－SI－MI－」蔡金郎說。

「什麼？撒西米？」小丹笑著說。

「我不知道國語這個叫什麼，這是旗魚的肉，生的，很好吃。」

「生的？我不敢吃。」小丹用手掩住口。

「這是日本的名菜，你試試看。用芥末蘸著吃，就可以殺菌，不要緊的。」蔡金郎夾起一塊生魚片放到混有醬油的綠醬裡，又夾了幾條白色細絲包在魚肉上，然後送到嘴裡。

「這白色的是什麼？」小丹又問。

「是蘿蔔絲。你現在試一片好不好？」

為了好奇，小丹也依樣葫蘆地夾了一塊來吃。但是，當她嚼到那塊軟軟卻又帶有韌性的生魚肉時，突然感到一陣惡心，忍不住就整塊的吐了出來。

「你真的不敢吃？不要緊，你吃別的好了。」蔡金郎說完了就擊了兩下手掌，把老闆叫來。

「你肚子餓不餓？」蔡金郎一面享受著那盤生魚片，一面又問小丹。

「不餓。」小丹的嘴裡還充滿著芥末的辛辣味和生魚的腥味，她的胃口幾乎已完全消失了。

一會兒，老闆送來兩個小鋁鍋和一盤熱騰騰的東西。小鋁鍋裡面盛的是麵條，熱騰騰的一盤則是幾片白煮蛋、蘿蔔和豆腐等；另外，他還在蔡金郎面前放了一杯紅色的酒。

「這是關東煮，這是湯麵，一定合你胃口的，李小姐，請用吧！」蔡金郎招呼過他的客人以後，自己就開始大嚼。當他端起酒杯喝了一口酒後，忽然又若有所悟地問：「李小姐，你不喝酒吧？」

「不，你請便吧！」小丹冷冷地回答。她雖然還不曾有過和男朋友一起上館子的經驗，不知道男人在女友面前單獨喝酒是否失禮，不過，蔡金郎這種只顧自己吃喝的態度也使她感到非常不滿。

她喝了兩口麵湯，又挑了幾條粗如北平拉麵的麵條來吃，覺得味道還可以；但是，對湯裡那片厚厚的猪肉和染得紅紅綠綠的魚片卻沒有勇氣去嚐。

「你不吃一些關東煮？」蔡金郎突然變得有禮貌起來，夾了一片蛋給小丹。小丹抬起頭來謝他時，發現盤裡已經只剩下幾塊蘿蔔了。

小丹把那片蛋吃了，又喝了幾口湯，就覺得吃不下。她放下筷子，拿手帕擦著嘴。

蔡金郎已把所有的東西吃光，此刻，正用牙籤剔著牙齒，嘴裡還不斷發出唧唧的聲音。

「李小姐沒有吃飽吧？你太客氣了。」蔡金郎用含情脈脈的眼光凝視著小丹，他的臉因為喝了酒而顯得更紅。

「吃飽了，謝謝你。」小丹避開他的眼光，低頭看了看腕上的錶又說：「時候不早，我想回去了。」

「好的，我們走吧！」蔡金郎又擊了兩下掌，叫老闆來結了賬，然後和小丹一起走出店外。走到大街上，蔡金郎問：「你住在哪裡？我送你回去。」

「不必了，我自己回去好了。」小丹不但討厭他薰人的酒氣，更恐懼於他含情的眼光；她堅決地拒絕了他的相送，就像逃避什麼似地，鑽到人叢中，急急忙忙地走回家。

家裡，是一片寧靜，小冬兒早就睡了。姊姊在縫衣，姊夫在看書。他們都問她吃過晚飯沒有，怎麼一早出去到現在才回家，小丹隨口說是和女同事看電影吃飯去了，然後就到廚房裡去洗澡。

今天，她的確是玩了一整天了；可是，這並沒有給她帶來歡樂，相反地，卻留給她一絲煩惱，因為蔡金郎的眼光使她感到不安。

五

這以後，在電臺上，蔡金郎含情脈脈的眼光就沒有離開過小丹，使得小丹坐立不安，半羞半喜。對於這個雖然不太滿意，但卻是唯一的「男友」，她頗為傷腦筋地在考慮著：「我要不要還請他一次呢？請他，恐怕他真的自作多情，那就真夠麻煩，不請，白白領了他一份人情，又會不會不好意思？」

當她正在猶豫不決的時候，蔡金郎的第二度邀請又來了；不過，這次不是單獨請小丹一人，而是請全電臺的同事上他家吃拜拜酒。那是臺灣人很重視的一個神誕，這一天，家家戶戶都要大排筵席，遍邀親友前來吃酒，來的客人愈多就愈光榮；所以，蔡金郎一定要全臺的同事都去，為了好替他父親爭面子。

入鄉隨俗，大家都覺得難以推卻蔡金郎的盛情，這一天，下班以後，除了要值班的播音員和工友以外，自總經理以下，真的是整個電臺的人都出動到蔡家去。小丹本來不大願意去的，也由於呂葆真的勸說而不好意思例外。

蔡家是個中等人家，一間舊式的客廳並不怎麼大，擺了兩桌酒席就已擠得滿滿了。蔡金郎的父親非常客氣地招待著王總經理，並請電臺所有的人都坐在上首的桌子上。在他的父親正操著極不流利的國語和總經理交談時，蔡金郎悄悄地走到小丹的身邊在她耳朵邊說：「我帶你去見見我的祖母和母親。」

小丹不明白蔡金郎為什麼一定要她這樣做，但是又不方便問，於是就愣愣地看著他。

「她們想看看妳，來吧！」蔡金郎又輕輕碰了碰她的肩膀。

無可奈何地，她只好站起身來，跟著他走到客廳的後面去。他先帶她走進一間香煙繚繞的房間裡，古老的木床上盤膝坐著一個瘦小的老婦人。他向她介紹這就是他的祖母，她向老婦人恭敬地鞠了一個躬。

老婦人裂開沒有牙齒的嘴巴慈祥地銜著小丹笑，又嘰嘰咕咕地不知在跟蔡金郎說些什麼，說得蔡金郎也紅著臉笑了起來，接著，老婦人又向小丹招招手，示意叫她走近。小丹走到床邊，老婦人就執起她的手撫摸著，一下子又摸摸她的臉，還不斷地點著頭。

「我祖母說妳很漂亮！」蔡金郎深情地看著小丹說，使得小丹也窘得脹紅了臉。

「現在，我帶你去看我母親吧！」蔡金郎跟祖母講了幾句話，然後又帶小丹到廚房裡去看他那正忙著做菜的母親。

廚房裡瀰漫著煤氣與油煙，三個臃腫矮胖的中年婦人一看見蔡金郎帶著小丹進來，立刻就停下手中的工作，六隻眼睛一齊瞪視著她。

「這是我的母親，這是我的伯母，這是我的嬸嬸。」蔡金郎為小丹一一介紹著。但是，小丹並沒有興趣分別誰是他的母親，誰是他的伯母，她只是循例向她們一鞠躬。

這三位中年婦人都不會說國語，她們只是對小丹傻笑著，偶或交頭接耳地不知在說些什麼。這場面比剛才在祖母房間更窘，而且那些油煙也薰得她難受；於是，小丹對蔡金郎說：

「讓我們出去吧！」

說完了，既不等蔡金郎，也忘了向他的母親告辭，就逕自走向客廳。

上菜以後，蔡金郎的父親坐到另外一桌去招呼其他親友，這一桌就由蔡金郎做主人。他坐在小丹旁邊，除了向總經理敬酒以外，他就專心一意地在服侍小丹，為她佈菜。可是，那淡而無味的白切鷄、白切肉、帶著蒜味的炸肉丸，以及大而無當的魚，這些在不怎麼講究的烹飪術下調製出來，重量而不重質的菜餚，又哪合小丹的口味呢？儘管蔡金郎慇懃地為她夾滿了一大盤，她也只是略動兩箸就不吃了。蔡金郎還以為她是客氣，一逕地在旁勸進，他對小丹這份過於關切的舉動，已引起了全桌同事的注意。大家都對他們投以會心的微笑，使得小丹羞愧得無地自容，但蔡金郎卻是毫無所知。

第二天，小丹到電臺去上班，在播音員休息室裡，當早班的何小姐一見面就取笑她說：

「小李，我看蔡金郎對你很有意思，是不是？」

「別瞎說！沒有這回事！」小丹低著頭說。
「真的，他昨天帶你進去做什麼？」呂葆真在一旁邊這樣問。
「他介紹我見他的祖母和母親。」
「你還不承認？他要給她們看看未來的兒媳婦哪！」何小姐拍著手大笑起來。
「我不來了，你欺負我！」小丹走過去要打她，何小姐笑著躲開了。
「小丹，你覺得蔡金郎這個人怎麼樣？」呂葆真一本正經地又問。
「婆婆媽媽的，娘娘腔十足，噁心死了！」小丹說。
「聽說臺灣男人都像日本人一樣，會打太太的，你可得小心點呵！」何小姐又說。
「你別胡說八道好不好？回頭給人聽見了還以我真的喜歡他呢！」小丹真的有點生氣了。
「何小姐，你怕臺灣人會打太太，所以你就選擇了美國人，是嗎？怎麼樣？你和你的亨利什麼時候請我們吃喜酒呀？」呂葆真幫著小丹向何小姐反攻。
但何小姐並不在乎，人家提到她的亨利，她反而覺得開心。她一面用指甲鉗子修著塗得血紅的指甲，一面笑嘻嘻地說：「快了，他明年秋天就要調回美國去，到時我們將在這裡結了婚才一起回去。」
「那我們得先恭喜你哪！」呂葆真冷冷地說了一聲就站起身來走了出去。
何小姐的浪漫作風是有名的，她的男朋友足足有一打，亨利只不過是最近和她來往得較密切的一個。呂葆真不願意聽她大談自己的羅曼史，所以趕緊避開。小丹也緊跟著離去，走進播音室，因為她的播音時間到了。

在小丹的播音時間裡，有一段是和蔡金郎在一起的。自從蔡金郎開始對她有意以後，她就視這段時間為畏途，因為她和他單獨在一起就感到渾身不自在。

在播放唱片的時候，蔡金郎輕輕地叫她：「李小姐！」

「嗯！」小丹在翻閱著廣播稿，從鼻裡應了一聲。

「我的祖母、母親和伯母她們都稱讚你，說你又美麗又溫柔；還有我父親也說你很文靜。」

「謝謝你，我當不起。」小丹故意用很冷淡的聲音回答他，同時在心裡又暗笑著：全錯了，我其實既不溫柔又不文靜呵！

「她們請你常常去玩！」

「好的！」她口是心非地回答。

「李小姐，今天晚上你有沒有空？」他結結巴巴地又問。

「沒有空！」小丹知道他想約她，就先發制人地這樣回答。她對他本來也沒有太大的惡感，但是，昨天晚上他以勝利者的姿態把她帶到家人前面去炫耀，就使她大大地感到被侮辱，加以剛才何小姐一取笑，她就決定從此不再理他，不回請他，也不接受他的邀請。

「噢！我還想請你去看電影哩！那麼明晚怎麼樣？」蔡金郎用熱切的眼光看著小丹。

「明晚也沒有空，我最近很忙，你自己去看吧！」小丹說到這裡，唱片剛好放完，於是她把話筒的開關打開，開始播廣告稿，不再理會蔡金郎。

蔡金郎一張粉紅色的臉色變成了蒼白色，輪到他廣播的時候，聲音也因為失望而有點顫抖。

六

聖誕節的前一個禮拜，何小姐就先約定小丹和她一起去參加一個聖誕節前夕的家庭舞會。對於跳舞，小丹一向就相當嚮往，過去她雖然還不曾正式參加過，但在上海唸書時，也曾在同學家裡玩過，普通的步法她是懂得的；可是，她還有一些顧忌，不敢貿然答應。

「我恐怕我跳得不好，而且我又沒有好衣服穿，還有，我英語說不來的，你的朋友們都是美國人吧？」她向何小姐提出了一連串的問題。

「你所說的通通都沒有關係，你只要會跳兩步就成，到時可以慢慢學。衣服也不必太講究，穿得鮮豔一點就可以了。噢！對了，這樣好不好？我們的身材差不多，我借一件給你吧！至於朋友的問題你更不必擔心，這家庭舞會是中國人開的，參加的大多數是中國人，你儘管放心去好了。」何小姐一逕地在慫恿著小丹，小丹也就不再拒絕。

何小姐借給小丹的舞衣是一件鮮紅色曳地的晚禮服，她知道小丹沒有好的外套相配，還自動借給她一件紅色大衣，一雙銀色高跟鞋和一副假的鑽石耳環。

那一天，小丹催著姐姐提早開晚飯，草草扒了一碗，就開始化妝起來。事先，她已到店裡做過頭髮，此刻，又薄施脂粉，當她穿戴起何小姐借給她的整副行頭時，鏡前出現了一個豔麗動人、曲線玲瓏的美女，使得她自己和在一旁觀看的小碧都迷惑起來了。想不到李小丹居然變得如此出色？過去雖也有人說過她美，但那只是一種楚楚可憐的小家碧玉之美，沒想到一經打扮就變成枝頭的鳳凰！

小丹在鏡前輕顰淺笑，扭腰作勢，自我陶醉；小碧卻是撫摸著自己清癯的面頰，無限傷感。她們姊妹倆是相像的，小碧當年也是個美人兒；然而，這一年多以來，現實的煎熬已使得她日益憔悴，由於她心情惡劣，又不事打扮，才二十二歲的她，已失去了青春的風韻。更使她苦惱的是，冬兒才滿周歲，她肚子裡又有了第二個孩子了。

「姐姐，你看我穿起來還合身嗎？」小丹把小碧從沉思中喚醒。

「很合身，你穿起來漂亮極了！」小碧說。

「姐夫怎麼還不回來？你叫他帶你和冬兒出去看場電影吧！今天大家都出去玩，你們何苦待在家裡？」看見姐姐母子倆寂寞無聊的樣子，小丹忽然覺得不忍。

「你姐夫今夜要加班，年底他總是要忙一點，恐怕要很晚才回來。」

「姐姐，你真可憐！」小丹剛說完這句話，門外就響起了一陣急促的喇叭聲，於是她對鏡子又看了最後一眼，挽起手袋就匆匆往外走。走到門口，她大聲的對小碧說：「姐姐，我可能晚一點回來，請你起來給我開門呵！」

「我會醒的，你快去吧！」望著妹妹像一團火似的捲了出去，小碧不禁輕輕喟嘆了一聲。

一部小汽車等在門外，那是何小姐和她的男友亨利來接她同赴舞會。亨利是一個又高又瘦，其貌不揚的洋人，一看見小丹立刻雙目灼灼似賊般盯住不放，害得小丹羞得直低著頭。

車子開行以後，小丹聽見亨利悄聲的對坐在身旁的何小姐說：「你的朋友很美麗！」何小姐沒有回答他，卻轉過頭來對小丹說：「我這個亨利真是壞透了，看見美麗的女孩子就動腦筋！」

說完了，她狠狠地在亨利的臉上擰了一把，亨利怪聲叫痛，車子差一點就衝向一部迎面而來的公共汽車。

舞會是在一間很堂皇的公館內舉行，他們到的時候，舞廳中已坐了很多人。不知是因為小丹的明艷動人還是由於何小姐一身妖冶的打扮？她們一進去，立刻就吸引了全場人的目光。小丹不安地低著頭，何小姐卻是若無其事的掛在亨利的手臂上一扭一扭地走著。

一個又矮又胖，打扮得珠光寶氣的中年太太招呼了他們三人坐下，馬上就有一個穿著筆挺西服，繫著花領結的青年人走過來。他裝模作樣地跟亨利和何小姐在寒暄，眼睛卻儘在小丹臉上身上掃射。

「我的玲黛小姐，你答應我的事怎樣了？」那個人嘻皮笑臉地對何小姐說。

「你急什麼？我正要給你們介紹哩！小李，這位是陸強遜先生。強遜，這位就是我給你找來的舞伴——李小丹小姐，你得好好謝我呵！」

「李小姐！」陸強遜雙腳併攏，向小丹深深一鞠躬；然後又舉手向何玲黛行了一個軍禮，用英語說：「非常感謝，玲黛。」

他的舉動很滑稽，惹得小丹和何玲黛都笑了。

音樂開始，亨利和玲黛立刻相抱著跳了出去。陸強遜也就跟著站起來用最優美的姿勢向小丹鞠躬邀舞。這時，小丹注意到他的眼睛很好看，有著長長而上捲的睫毛，笑起來露出雪白的牙齒，迷人得很。她想：這個人比蔡金郎真是不知強了多少倍！總算何玲黛沒有胡亂給我介紹。

在心裡這樣想，臉上不由就露出了甜笑。她笑盈盈地站起身來，一手搭上陸強遜的肩膀，一手和他相握著，兩人就滑入舞池之中。

在跳著的時候，小丹輕輕地對她的舞伴說：「我不會跳舞，請陸先生多多指教。」

「哪裡的話？你身子輕得很，正是一個理想的舞伴哩！」他一雙黑黑的大眼睛注視著她，嘴角又泛起迷人的笑紋。

由於小丹的美麗出眾，在舞會中立刻成為眾人爭取的舞伴，儘管有陸強遜守在一旁，但是，第二隻舞和第三隻舞她都被人請去。

跳完第三隻舞回來，她氣喘喘地跌坐在椅子上說：「累死了！」

「我們出去休息休息好不好？」陸強遜在一旁體貼地問。

「好的！」

陸強遜引她到另外一間房間裡，又去拿了兩杯熱咖啡進來，兩個人對坐著啜飲。

「玩得痛快嗎？」他笑著問。

「嗯！」她點點頭。「可是我怕和這些人跳！」

「那是因為你是今天晚上最美麗的女孩子的原故。」他又凝視著她。

「謝謝你。」她又害羞又高興地低下了頭。

外面的音樂又響了，那是一支旋律優美的慢四步。

「小姐，請！」陸強遜站到她面前，文雅地一鞠躬。小丹含笑站起，讓他摟著她的纖腰，兩人就隨著音樂的節拍，在這間小小的屋子內迴旋曼舞。小丹閉著眼，想像自己是童話中的公主，而陸強遜正是一位英俊的王子，兩人在舞會中一見鍾情。她是這麼樣深深陶醉著，以致樂聲停了，陸強遜把她愈抱愈緊，而且和她臉貼著臉也不自知。

「小丹，我愛你。」陸強遜喃喃地說，他的嘴也慢慢地由小丹的耳邊、臉頰而移到嘴角上來。

「不！」這一下，小丹才猛然一驚，她盡力掙脫他的懷抱，跑過去打開門。

她一打開門，門外就走進來兩個人，那正是何玲黛和亨利。

「哈！我找你們找得好苦，卻原來躲在這裡！」何玲黛的眼睛從小丹臉上打量到陸強遜臉上，狡獪地說。

「李小姐說跳得累了，我帶她到這裡休息喝杯咖啡！」陸強遜臉紅紅地說。

「不管你累不累，下一隻你得陪亨利跳一次，這是禮貌呀！」何玲黛一手就把小丹牽了出去，兩個男人也都跟著走回舞廳。

亨利的作風是粗線條的，他抱得緊，跳得急，一曲既終，簡直把小丹累壞了。她哭喪著臉回去告訴何玲黛，何玲黛狠狠地把亨利訓了一頓，嚇得亨利慌忙向小丹道歉。

小丹又和陸強遜跳了一隻舞，鑒於剛才小丹的拒吻，他此刻便規規矩矩地不敢再冒犯，因此小丹也就饒恕了他。回到座位上，小丹看了看腕錶已是十一點，恐怕姊姊記罣，就對何玲黛說：「何小姐，我想先走了，姊姊叫我早一點回去的。」

「這麼大一個人，還像小孩子似地整天離不開姊姊，再玩一會兒吧！」何玲黛說。

「不，姊姊要帶孩子，我不想她太晚起來給我開門，我還是早點回去好。」

「玲黛，我看還是讓我送李小姐回去算了。」陸強遜在一旁乘機大獻慇懃。

「好吧！我知道你不會錯過這個機會的，將來你可要重重謝我呵！」玲黛無可奈何地對著亨利聳聳肩，雙手一攤，就放走了他們。

兩人走出門口，被冷風一吹，一齊都打了個寒噤。街上很靜，從不遠的一座教堂中，傳來陣陣聖潔的聖誕歌聲，這才使他們記起了今天是什麼日子。

陸強遜叫來了一部三輪車，一面問：「李小姐住在哪裡？」

「昆明街。」

「那很好，看電影最方便了。」

「陸先生呢？」

「我住在和平西路，和幾個同事合租了一間房子。」

「陸先生在哪裡辦事？」

「美國××處。」他把美國兩個字說得特別響亮。

「那不是很好嗎？賺美金。」

「嘿！嘿！嘿！」他只是乾笑著。

坐在三輪車上，風特別大，小丹不由得縮作一團。陸強遜一邊問：「冷嗎？」一邊就伸手過去摟住她的肩膀，而小丹也沒有拒絕。

車子到了門口，小丹謝了陸強遜，請他回去；陸強遜卻一定要等到有人來開了門才走，並且問小丹他可以不可以來訪。小丹不願他看到姊姊家裡的寒酸相，就叫他到電臺去找她。

小碧瑟縮著起來開了門，小丹萬分不安地說了好幾句抱歉的話。小碧問小丹送她回來人是誰，小丹說是一個朋友，小碧又問認識了多久，小丹坦白地說今夜才認識的。

「一個才認識的人你怎好讓他送回家呢？」小碧頗有點不以為然的意思。

「送回家又怎麼？我又不是要跟他談戀愛。」一聽姊姊這樣說，小丹立刻就不高興起來。

「我只是希望你交朋友小心一點呀！」小碧說。

「誰不知道？」小丹悻悻地走進了布幕後面她的小天地中，不再理會她的姊姊。

七

兩天以後，陸強遜便真的到電臺上去找小丹。他去的時候小丹還有十分鐘才下班，他就在外面辦公廳中僅有的兩張沙發中的一張上坐著等候。小丹從播音室裡出來的時候，陸強遜立刻站起來用極其親熱的微笑迎接她，沒有說半句寒暄的話，就問：「你下班了？我們到外面吃飯去。」

在辦公廳的眾目睽睽之下，其中還包括了王總經理嚴峻的注視以及蔡金郎妒忌的目光，小丹不願多說話，同時她也不願拒絕這樣一位英俊的男士的邀請；於是，她沒有考慮，就輕輕的回答他：「好的，我馬上來，你先到樓下等我。」

她回到休息室穿起大衣，挽起皮包，在蔡金郎含怒的目送下，像隻小鳥般輕快地飛下樓去。

陸強遜在樓下含笑等著她，一見了面就說：「我請你到一個很幽靜的地方吃晚飯去。」

「哪裡呀？」小丹竟忘了該說的客氣話，很隨便的就這樣問。

「去到你就知道了。」陸強遜叫了一部三輪車，扶她坐了上去，吩咐車夫駛往中山北路。

在中山北路二段一條巷子裡，他們的車子停在一間西餐館的門口。陸強遜領小丹進去，上了樓，在靠窗口的一副座頭上坐下。當陸強遜用英語吩咐僕歐時，小丹細細打量這個地方，果真是十分幽靜。

地上鋪著厚厚厚的地毯，壁上掛著油畫，燈光調配得很柔和，每張桌子都有一瓶鮮花，這古雅的氣氛，就充滿著歐洲的情調；小丹覺得它有點像上海的餐館。最妙的是，整個樓上除了他們之外只有角落裡坐著一個美國大兵和一個吧娘之類的女人，兩人喁喁低語，根本就沒有注意到別人的存在。

「你看這地方好不好？」陸強遜問小丹。

「好極了！你怎會發現的？」

「這是我的外國同事們介紹的，我們常來。」陸強遜洋洋自得地說。「老闆是猶太人，過去在上海住過很久，還說得一口好滬語哩！」

「你是不是上海人？我聽你有點上海口音。」小丹突然想起應該研究他的籍貫了。

「是格！儂阿是？」陸強遜用上海話說。

「原來我們還是同鄉！你以前住在哪裡？」年輕人對鄉土觀念一般是比較淡薄的，但小丹對陸強遜的情形似又有不同，她為了兩人有同鄉關係而大感興奮。

於是，兩人開始大談上海，他們是談得那樣起勁，等到喝完了最後一口咖啡時，已是晚上八點多了。陸強遜還要請她看第二場的電影，但小丹因為不願再麻煩姊姊起來開門，沒有答應。

「那麼，我請你做我在除夕舞會中的舞伴，你應該可以答應了吧？」小丹拒絕了看電影，陸強遜又提出另外一個要求。

「舞會？」小丹心裡又驚又喜，驚的是她又得為衣著問題而傷腦筋；喜的是她又可以有一次炫耀自己的美的機會。

「怎麼樣？沒有問題吧？」陸強遜又問。

「容我考慮考慮再答復你。」她沉吟著說。

「我明天下了班來找你。」

「不，後天吧！你打電話來就可以了。」

「我不要打電話，我要自己來，我喜歡多看見你美麗的臉孔。」他笑著說。

然後，他又把她送到門口，情意綿綿地緊緊握了一下她的手才離去。

第二天在上班時，小丹發覺蔡金郎一直偷偷的在看她，而且還有著欲言又止的樣子。自從上次向她邀約碰了釘子以後，蔡金郎一直不大敢跟小丹講話，而小丹更沒有自動向他先開口過。

「李小姐，昨天那位——是你的——的好朋友吧？」終於，找著一個機會，蔡金郎就結結巴巴地這樣說了。

「朋友就朋友，有什麼好不好的？」一聽他竟然斗膽問到這個問題，小丹不覺大為光火。

「他長得很漂亮，我看你們也很親熱的。還說不是好朋友？」蔡金郎酸溜溜地說，他的聲音是發抖的。

「好朋友就好朋友，你管得著？」小丹更生氣了。

「也許我管不著，但是，他以前沒有來過，你們是剛認識的吧？」蔡金郎冷笑了一聲。

「你這人太奇怪了，這關你甚麼事呢？」小丹簡直生氣得想給蔡金郎一巴掌。

蔡金郎剛想說什麼，唱片卻正好播完，兩人只好各自忍住一肚子悶氣，匆匆的把各人的廣告稿播讀一遍。

經過這樣停頓了一下，蔡金郎的怒氣似乎消了一點，他低聲下氣地又對小丹說：「你今天晚上有空嗎？我們一道出去吃飯好不好？」

「沒有空！」小丹斬釘截鐵地說。

「明天呢？」

「沒有。」

「後天？」

「也沒有。」

「那麼我一直等下去，直到你有空為止。」

「蔡金郎，我老實告訴你，我就是有空也不會陪你去吃飯的，你不要死纏著我好不好？」小丹大聲的說。

「李小丹，你好狠心！你真無情！」蔡金郎因為惱羞成怒而脹紅著臉，他哽咽地說著，後來竟放聲痛哭起來。

小丹慌了手腳，連忙到外面去叫人來把蔡金郎拉出去，以免影響播音秩序。蔡金郎這一哭，不但使全電臺的人都知道了他自作多情追求李小丹，連帶還影響到他的工作。王總經理認為他這樣就是有虧職守，即日下條把他降職為管理員；但是，蔡金郎自覺無顏再待下去，從第二天起他就悄悄辭職回家。

陸強遜再來找時，小丹因為何玲黛又答應了借行頭給她而允諾了再作陸強遜的舞伴。這一夜，陸強遜請她去吃上海館子，小丹則回請他看了一場電影。兩人經過了三次交遊，早已稔熟得像老朋友一樣；蔡金郎的離去，解除了她精神上的威脅，對於他的下場，她的評語是「活該」兩個字。

八

除夕的舞會一切都和聖誕夜差不多，而小丹也依然是會中一朵奇葩，出色無比。今夜，她最重大的收穫已不是無數羨慕而又妒忌的眼光和應接不暇的邀舞，而是在舞會中碰到了住在她家對門，曾經使她極為艷羨的少女和她的男友。

當她和陸強遜正在舞池中蹁躚起舞時，偶然，在那些雙雙酣舞的男女中發現了一張熟面孔，這副面孔圓圓的，不怎樣美，但很甜。她看見了小丹，先是有點訝異，然後她就嫣然一笑。小丹也回報一個微笑，同時憶起了她是自己一年多以來經常見面而尚未交談過的鄰居。

音樂停下來，那位少女就拖著她的男友找過來了。

「你也來跳舞？」少女首先向小丹招呼。

「是的。」小丹因為不知道對方姓名而感到有點窘。

「我來自我介紹吧！我叫譚芬，我的朋友叫武明遠。」少女很大方地打開了僵局。

「我叫李小丹，這位是陸強遜，你們兩位請坐吧！」小丹招呼他們坐在自己旁邊，兩個男人握手寒暄，兩個少女則一見如故地唧唧咕咕的互相介紹自己的一切。

譚芬告訴小丹。她是從香港來的，因為考不上大學，這一年多都在上英文補習班。她說，她早已注意到小丹，只是不好意思先開口招呼而已。最後，她又補充一句：「以前我常望見妳提著菜籃去買菜，最近卻看見妳天天打扮得很漂亮的出去，是去上班吧？」

譚芬也是個考不上大學的人，只此一點，小丹立刻就引為同道，何況，她還說注意了自己好久，足見她們彼此是互相吸引著的。於是，她帶著一點驕傲的神色告訴她的新朋友：「我在××電臺播音。」然而又附帶一句：「以前我是替我的姊姊去買菜，現在沒有去買了。」她不敢吹牛說現在用了下女，因為譚芬就住在她的對門，謊言會很容易被拆穿的。

音樂再起時，譚芬很老練地用英語對她的男友說：「禮貌上，你應當請李小姐跳一隻舞，讓我們交換舞伴吧！」

武明遠笑著點點頭，站起來彬彬有禮地彎腰向李小丹請求共舞。為了禮貌，陸強遜也回請了譚芬。

當武明遠向她邀舞時，小丹看清楚了他的外貌。他的個子很高，足足比陸強遜高出半個頭，體格雖不能說是魁梧，但也相當偉岸。他的五官都生得恰到好處，端端正正地是一副標準的男性面孔。以前，小丹一直以為陸強遜很漂亮，可是和武明遠一比，他就顯得太矮小而帶有脂粉氣了。小丹心裡想：這個武明遠不知道是幹什麼的？譚芬倒好福氣，找到這樣的男朋友！

其實譚芬一點也不好看，皮膚那麼黑，除了一隻靈活的大眼睛和一副健美的身材外，她是沒有一樣比得上我的。

武明遠顯然是一位有修養的紳士，在和小丹跳舞的時候，兩人身體總保持著一段距離，而且目不邪視，不像陸強遜在第一次和她跳時就那樣抱得緊緊的。對著這樣一位高尚的男士，小丹倒希望他能和自己講講話，但是武明遠臉上雖然帶著微笑，卻是始終不曾開過口；格於少女的自尊心，小丹又無法先逗他說話，只好在心裡嘆著氣。

在下一隻舞時，陸強遜生怕別人搶走了他的小丹似的，音樂一起立刻就擁她走向舞池。今夜。他儼然以小丹的愛人的姿態把她緊緊擁在懷裡，一面還不斷地在她耳邊說著愛慕的話。在過去三次同遊中，小丹對他已經建立了好感，甚至已默認他是自己的朋友，此刻，他的溫存舉動也很使她感到滿意；可是，不知怎的，她對他的反應卻有點心不在焉，神不守舍的樣子，她一邊跳著舞，眼光一直跟蹤著武明遠。

武明遠正半閉著眼，輕擁著譚芬曼舞婆娑；他們的態度親熱而不肉麻，舞姿也相當的優美，這使得小丹暗暗感到又羨又妒。她一面在心裡罵著自己不要癡想，一面無可奈何地對陸強遜的示愛回報一個甜笑。

這一夜他們一直跳到午夜舞會結束才離去，其間四個人又曾再次交換舞伴一次，但是武明遠仍然沒有和她說話。兩個男人一同送她們回去時，陸強遜要叫兩部三輪車，小丹為了想和武明遠在一起，就提議叫出租汽車。誰知道結果武明遠又堅讓陸強遜和小姐們坐在後面，他自己坐到前面去，小丹還是沒有辦法和他接近。

在下車以前，譚芬對小丹說她家在二號那天舉行一個小小的家庭舞會，請她和陸強遜來參加，小丹不加考慮，也沒有徵求陸強遜的同意，馬上就答應了。

為了參加譚家的派對，小丹也大事周章一番，因為這次她沒有理由不讓陸強遜到她家裡來接她一同去。為了應付陸強遜的來訪，她花了一整天來佈置姊姊的客廳，買了花束又買了桌布，把所有不需要放在客廳中的東西都暫時收起來，使它看來像樣一點。至於衣服，她用去了整個月的薪水買了一隻高跟鞋和一條花裙子，再湊合著原來的一件從上海帶來的粉紅色毛衣，總算勉可見人；如果天氣很冷，她就穿小碧的大衣。

陸強遜來接小丹時，在她家坐了五分鐘，小碧也出來招呼。在這五分鐘之內，小丹仍是惴惴不安，因為陸強遜的一雙眼睛很厲害，到處的溜溜地轉，彷彿一下就看透了小丹一家的底細。

住在她對門的譚家她家一比，真是懸殊得不可以道里計。那是一幢很寬敞的日式平房，外面圍繞著幽雅的庭院。在門外，已可聽見喧嘩笑聲，他們一按鈴，就有佣人前來開門。全副港式裝備，打扮得時髦透頂的譚芬站在玄關含笑相迎，高大的武明遠也站在她的身後。

華麗的大廳上坐著十來個青年男女，譚芬一一為他們介紹。小丹也無暇去記憶這些人的名字，她的全副精神只集中在觀察武明遠上面，他是座中最安靜的一個，當然他也是年齡最大的一個，他可能有三十歲了。他只是靜靜地坐在那裡微笑著，除了必要的應對外，極少講話。

因為和其他的人都不認識，陸強遜就坐到武明遠的旁邊，跟他一搭一搭的閒扯著。小丹本來可以跟譚芬一塊的，但她藉口譚芬要忙著招待客人，也挨著陸強遜坐下，希望武明遠能跟她談談。可惜的是，武明遠還是沒有向她開口，不久以後，又被譚芬叫去幫忙捧茶點出來待客。

用過茶點，譚芬開了電唱機，這一群青年男女就在光滑的地板上跳起舞來。第一隻舞，武明遠又奉譚芬之命請小丹共舞；他對自己雖然一直是這樣矜持而冷淡，但能和他這樣接近也是好的，如今的小丹已懂得不再苛求，她只是輕閉雙眼享受那甜蜜的一刻。

之後她又被幾個太保型的青年請求跳了幾次；當她被別人邀去共舞時，陸強遜就以不耐煩而且嫉妒的眼光盯著她，寧可自己無聊地坐在角落裡抽煙，也不肯邀請其他的女孩跳一次。

九

這以後，小丹常常到譚芬家裡去，很快兩個人就成了無所不談的密友。在談話中小丹常常有意無意地打聽有關武明遠的一切，而譚芬對她也從不隱瞞什麼。小丹知道：武明遠和譚芬有著一點親戚關係，在家鄉時，他們兩家住在一條街上。那時，武明遠在唸高中，譚芬在他學校的附小讀書，武明遠天天用腳踏車載她上學，愛護備至，待她有如自己的小妹妹，而她也視他如兄長。他們的愛是從青梅竹馬的時代就產生的，所以有著深厚的基礎；如今，他們雖然沒有經過訂婚的儀式，但雙方的家長對他們的事卻都早已默認了。

「那麼，你們為什麼還不結婚呢？武先生今年不小了吧？」聽完了譚芬的話，小丹但覺心裡酸溜溜很不好受；不過，她仍然不放棄盤問的機會。

「唔！他二十九了。去年，他就要求結婚；但是，我不答應。我說：『我還小，讓我再玩兩年，等你三十歲再說吧！』」

「那也快了，明年我就要吃你們的喜酒了。」小丹心裡的醋意更濃了。

「到時一定請你光臨。」譚芬嬌羞地說。突然，她又想起了什麼似地叫了起來：「李小姐，那個時候請你做我的伴娘，還有請陸先生做伴郎好不好？你們都這麼漂亮，一定可為我們的婚禮生色不少。」

「再說吧！」聽說他們的婚禮似乎已成定局，小丹的心裡更不自在，她勉強地應了一句，就藉口回家去。

日子在無聲中溜走著，嚴冬消逝，美好的春光又再度來到人間。小碧的第二個孩子在初夏降生，是個女的，利澤民不加考慮的就給她取名夏兒。小丹取笑她的姊夫說：「你倒挺有把握的，一個冬兒，一個夏兒，要是第三個也在冬夏出生呢，你怎麼辦？要是春夏秋冬全給你用過呢，又怎麼辦？」

「到時再打算好了，想得那麼遠做什麼？」利澤民摘下近視眼鏡，擦著眼睛，頻頻打著哈欠，似乎不勝疲倦的樣子。這個年方三十的年輕人的確是在身心兩方面都疲倦了，刻板的公務和家的重擔使他感到生命似乎是永遠償不完的債，多添一個孩子，更令他感到茫然和恐懼。

多了一個孩子，小碧更是變成了一個寸步難移的無形的囚徒；經濟情形既然不允許他們僱用女僕，而小丹自從外出工作後就不曾過問家務，利澤民就只好把公餘的時間全部交付給這個小小的家了。

與姊姊姊夫的辛勞剛好成了反比，小丹和陸強遜認識以後，卻幾乎天天過著玩樂的生活。

在除夕的舞會中，陸強遜早已以小丹的愛人自居，之後，由於小丹對他的反應還不錯，他的愛情攻勢就更加積極了。小丹在電台上班的時候，他總要打一兩次電話來說些不三不四的閒話；小丹下班回家，三天起碼有兩天他在電台的樓下恭候著，不是請上館子就是請看電影。

陸強遜的外貌是俊俏的，逢迎女性的功夫又是到家的；小丹心中雖然暗暗在傾慕著武明遠，但芳心寂寞的她仍不免接受了陸強遜所奉獻給她的慇懃。現在，她經常遲到早退，在播音的時候又往往說錯了字句；次數一多，不但呂大姐不客氣的向她指摘，就是王總經理也說過她好幾次了。

每次，自己犯了錯被上司責備後，小丹就不高興地撅起小嘴對何玲黛說：「這個小電台有什麼了不起？我天天唸廣告唸了一年多都唸得膩死了，我真想換一份工作，你給我想想辦法怎麼樣？」

「叫你的強遜替你找吧！他辦法才多哩！」何玲黛說。

「對了，我可以叫他替我在他的機關留意留意，可是，我的英文不行呀！」小丹恍然大悟地說。

「你去學打字吧！快得很！幾個月就可以學會了。」

「你的主意真好！真是我的好姊姊！好姊姊，你和亨利快了吧？」

「嗯！快了，大概兩個月後我們就走，我幹完這個月就要辭職了。」

「你真幸運！我羨慕你！」小丹注視著何玲黛，衷心地說。

「你何必羨慕我？你的強遜也不錯呀！他人聰明，一張嘴又會說，聽說在洋人面前很吃得開的，將來你怕他沒有出國的機會？」

「他是他，我是我，他出國關我什麼事？不過，玲黛，你知道不知道他擔任什麼職位？我一直都沒有機會問過他哩！」

「這一點我也不大知道，我們是在舞會中認識的，並非深交，我沒向他打聽。小丹，你別多心了，看他的派頭應該不像小職員吧！就算是小職員，但人家是拿美金的呀！」

「我不是多心，只是隨便問問罷了！」

十

李小丹終於如願地換了一份工作了，這份工作既不是陸強遜介紹，也不是何玲黛替她設法，而是她憑自己的能力考取的。她的確曾經託陸強遜替她想辦法，但陸強遜勸她先學了打字和複習好英文再說。正當她在考慮到哪一家複習班去補習比較好時，有一家規模較大的廣播電台招考播音員。小丹想：靠英文吃飯的希望遙遙無期，何不先試試這份本行工作呢？果然，憑著她一口標準的國語，優美的音色以及一年多的播音經驗，很順利就給考取了。

她和何玲黛一先一後都離開了原來的電台。對於電台的一切她都沒有留戀，唯獨對一直愛護著她的呂大姐倒不免有點依依。對小丹這樣「無情」地離去，呂大姐曾經用半開玩笑的口吻對她說：「小丹，你這樣說走就走未免太忘恩負義了吧？你知道，你是我一手培植出來的人才呵！」

「是的，大姐，我也捨不得離開你，但是，你也不希望我永遠坐在這裡讀廣告吧？」小丹答非所問地說，頓一頓，她又說：「大姐，我覺得你在這裡也是太委屈了，以你的才幹，為什麼不換一換環境呢？」

「唉！你不知道，我和你不同，我年紀已大，在這裡管理管理你們這些蝦兵蟹將也許還可以，到別的地方去就不一定受歡迎了。」呂大姐嘆著氣說。

「你也才不過三十來歲，幹嗎處處倚老賣老呢？」小丹說。

「播音工作和唱歌一樣，是不許人間見白頭的，我也許要在這裡待到反攻大陸了。小丹，你以後要常常來看我呵！」一向不苟言笑的呂大姐今天可能是動了真感情，說完了這些話就眼圈紅紅地走開了，小丹也感到一陣難過。

小丹考進的這家電台是公營的，沒有那些惹厭的廣告。因為小丹有著一年多的工作經驗的關係，他們給她擔任了一個獨立的節目，於是，李小丹的名字就隨著她甜美的聲音吸引著聽眾們的耳朵。以前，小丹出來工作是為了餬口，而且那賣膏藥式的唸廣告也實在使她煩厭，所以她對自己的職業極不感興趣，從來不曾用心去幹過。現在，她固然還是為了生活而工作，可是，這份工作是有意義、有競爭性的，好勝的她，自自然然地就付出全副精神去應付。她不要陸強遜打電話來，也不許他到電台去；不過，在沒有上班的時候，她和他也仍然像往常一樣在一起玩。

她的節目一開播，就幾乎天天都接到聽眾讚美的信，而這些信也就是她的安慰，她覺得這就是她努力的收穫。有一天，她接到一封名叫戴克勇的聽眾的來信，這位聽眾問她以前是不是在上海的育英小學讀過書？並且問她還記得一個和她住在一條弄堂裡的男同學不？假如是的話，她這位男同學將會到電台來看她。

讀完了信，小丹極力搜索記憶，她彷彿記得小時的確曾經和鄰居的一個小男孩很要好，這男孩子很野，個子結結實實的，名字也彷彿叫做戴克勇，但面貌卻記不得了。

她簡單地回了一封信，說歡迎老同學來玩，兩天後，果然戴克勇就來看她。在電台的會客室裡，小丹怔怔地看著面前那個身體壯碩而個子不高，面容質樸而不土氣，穿著白襯衫和黃色卡嘰褲的青年，怎樣也沒有辦法和當年那個拖著兩道鼻涕的頑童聯想起來。戴克勇似乎對小丹的出落得如此美麗也很感意外，他唯恐有所誤會，又笨拙地用信上的話重複著說：「你就是育英的同學李小丹吧？」

「是的，你是戴克勇？」小丹的話也很愚蠢。

「你變得太多了。」

「你還不是一樣？要是在街上碰見我準認不得你。」小丹說到這裡，方才醒悟她到現在還沒有招呼客人坐下，就很尷尬地又接著說：「你請坐吧！真對不起！我居然這樣招待老同學。」

「你到臺灣很久了吧？伯父伯母都一道出來了沒有？」戴克勇問。

「我和姊姊姊夫是在三十八年夏天到這裡的，爸爸媽媽都沒有出來。你呢？」

「我也是一個人出來的，我先逃到香港，在調景嶺住過一個時期，兩個月以前才到這裡。」

「你現在是在上學？」小丹看著他的衣著又問。

「沒有，我在一家西藥房裡當店員。」戴克勇坦然地說，他似乎並不以自己低微的地位而感到可恥。

「你為什麼不去上大學呢？」小丹想他可能也是考不上大學，但是為什麼竟去當店員呢？

「第一、我已把課本丟生兩年多，不容易考得上；第二、我在這裡舉目無親，我首先得把生活問題解決才考慮到求學問題。」戴克勇侃侃而言。

「是的。」小丹敷衍地應了一句，就再也想不出有什麼話好說。她記起了陸強遜和她還有一個約會，不自覺就低頭去看腕錶。

「你還有事吧？我該走了。」戴克勇識趣地站了起來。

「再坐一會兒嘛！難得在這裡遇見同學。」小丹也站了起來。

「我們做店員的不容易出來一趟，今天我是特別請了一個鐘頭假的。這樣好了，你住在哪裡？等我到了休假那一天再到府上拜訪吧！」

小丹把住址告訴了他，把他送出大門口，自己也就立刻坐三輪車趕去和陸強遜相會。

十一

一個醉人春日的黃昏，小丹和陸強遜從郊外倦遊回來，兩人像兩頭餓狼似地在一家小館子裡開懷大嚼。吃飽了，小丹胃脹得難受，不想坐車，要陸強遜陪她慢慢走回去。

他大膽地用手摟著她的腰，專挑僻靜的街巷走。這樣走著，雖然有點累，但兩人都覺得很甜蜜，反而希望這條路永遠走不完。

「丹，讓我們結婚吧！我不願這樣每次送你回家後自己孤獨走回去。」在一條黑暗無人的小巷裡，他把她緊緊地摟著，在她的耳邊低低地這樣說。

「去你的，我才不要結婚呢！」姊姊貧賤夫妻的生活對她是前車之鑑，小丹一直警惕著自己不要太早結婚；因此，當她一聽見陸強遜向她求婚，她立刻就掙脫他的懷抱，粗暴地叫了起來。

「為什麼？小丹，難道你不愛我？」陸強遜簡直被她弄得摸不著頭腦；身邊柔順的小綿羊為什麼突然變成兇悍的小母獅了？

「不為什麼，我現在就是不要結婚，等四年後我二十五歲再說。」

「我可等不及呀！」

「等不及你就另找別人吧！我不管！」小丹甩開他的手，自己拔步就走，陸強遜只好趕上去，連連向她陪不是。

回到家裡，小碧迎著她說：「你早一步回來就好了，你的一個同學剛走。」

「誰呀？」小丹心不在焉地問。

「戴克勇。」

「哦！那個當店員的。」

「他一個月才有一天休假，好不容易抽空來看你，你又不在，我已約他下月休假時來吃飯了。」

「約他幹什麼？又沒有什麼話可談的。」

「為什麼不約？你在臺灣就只有這麼一個同學，而且又是小學時的同學，你為什麼一點故舊之情都沒有？你看，人家還買了禮品來哩！」小碧指了指桌上一罐餅乾。

「他在這裡坐了多久？有和你談些什麼沒有？」

「他在晚飯後到這裡來，坐了也有半個鐘頭的樣子，他不記得我，但我還依稀記得他。我記得有一次他和你在樓梯上互相追逐著玩，結果你不小心摔了一交，膝蓋破了，流了很多血，嚇得他足足有一個月不敢來找你。」

「唔！我問你和他談了些什麼？」

「他告訴我很多他在調景嶺時的悽慘往事。小丹，我們剛到這裡來的時候似乎也過得很苦，但比起他，真是不知幸福了幾千萬倍了？」

「那他又是怎樣到臺灣來的呢？」

「他說，他現在服務的西藥房的老闆是他父親的一個好友，他輾轉打聽出來，寫信請他幫忙，於是那位老闆就給了他一個店員的職位。」

「一個中學畢業生當店員多不配呀！」

「那也不見有什麼不配？小丹，你難道不知道這是什麼時代嗎？大學畢業生去當三輪車夫，已不算是稀奇的事；你姊夫告訴我，他們機關裡的傳達以前還當過縣長哩！」

小丹沒有再說什麼，因為她對這些話題絲毫不感到興趣。

「下個月的今天你一定要回來吃晚飯呵！」小碧又囑咐她。

「到時你再提醒我吧！現在說了，我明天就忘啦。」小丹漫不經心地說，好像這件事與她毫無關係似的。

到了那一天，由於小碧的千吩萬咐，小丹不得不推卻了陸強遜的約會，下了班就乖乖地回家幫忙姊姊做菜。

戴克勇準時來到，這次又提了一大簍水菓。利澤民也在家，小丹招呼戴克勇坐下後，就把他交給姊夫，自己溜回廚房裡。小碧叫她出去，她不肯，她說她想不出話來跟他談。

小碧今天特地做了幾樣家鄉菜來待客：紅燒蹄膀、獅子頭、醋溜魚和砂鍋豆腐，味道都非常可口。戴克勇由衷的稱讚著，說這些菜使他想起了母親，這句話使得大家都感到有點黯然。

利澤民一向不善言辭；戴克勇不是多言之輩；小丹從姊姊口裡已知道了戴克勇的一切，此刻更覺無話可談；因此飯桌上就顯得頗為冷清。小碧看不過去，只好拚命想些小丹小時的趣事說出來逗大家笑。

吃完飯，戴克勇邀請小丹姊妹和利澤民下個月到他的宿舍去玩。他說他的老闆租了一間不算小的房間給他和另外兩個同事住，他們休假是輪流的，所以每逢休假宿舍內就只有他一個人。他有一個煤油爐和一些簡單的廚房用具，可以自己燒些菜請他們吃一頓。

「你會燒菜？」小碧大為驚異地問。

「會一點，因為我以前常在廚房裡跟母親和娘姨們學。」

「真難得！男孩子很少會對烹飪有趣的。我們這位老爺就是一竅不通，有時叫他幫幫忙反而愈幫愈忙。」小碧指著利澤民說。利澤民只是哈哈的傻笑著。

「怎麼樣？你們三位準備幾點鐘來？」戴克勇又問。

「不，小丹你和你姊姊去吧！我在家裡看孩子好了。」利澤民首先推辭。

小碧看著小丹，徵求她的意見。小丹一則最不喜歡吃家裡燒的菜，二則對這位當店員的同學毫無興趣，自然也不會答應。她把頭直搖著說：「戴克勇你何必這樣勞民傷財？要吃飯還不簡單？你到我們這裡來吃好啦！」她明知他不敢再來，故意這樣說。

「那花不了多少錢的，我希望你們能嚐嚐我做的小菜。」戴克勇以為她客氣，又這樣說。

「戴克勇你真的不要客氣，那太麻煩，我們心領好了。」小丹嘴裡雖然說的很婉轉，但臉孔卻是板著的。

「克勇，我們雖然不來吃飯，但有空會來看你的。」小碧的態度顯然比小丹親切得多。

「好吧！有機會再請你們賞光好了。」戴克勇怏怏地說，滿臉沮喪之色。他略坐一會，就告辭而去。

看見妹妹這樣對待童年老友，小碧頗不以為然，她怪責小丹太過冷酷無情，但小丹卻不以為意。她說，做孩子的時候懂得什麼？那時的情感和現在的情感又不一樣，小時的好友長大後不一定合得來呵！

小碧沒有再說什麼，她知道再說下去準會惹起一場爭吵。以後，小碧偶然上街的時候就會到藥房去看看戴克勇；小孩患了傷風咳嗽或什麼小病，她也總是上戴克勇那裡去買藥。相反的，小丹有一次和陸強遜經過戴克勇那裡，看見他站在櫃台後，她只向他點了點頭就趕緊走開，從此就極力避免經過藥房的門口。

十二

人的心理是很奇妙的，愈是得不到的東西就往往愈想得到。小丹雖已有蔡金郎追求在先，現在又有陸強遜裙下稱臣；但是，她不但討厭蔡金郎，甚且對陸強遜也不感到興趣。在她的芳心深處，只是暗暗地戀慕著高大英俊的武明遠，武明遠愈不理她，她愈是覺得他可愛。儘管陸強遜天天和她約會，向她表示癡心相愛，可是她仍忘不了武明遠；她相信，以她的美貌，不難從譚芬手裡把他奪過來。

從譚芬的口中，她早已打聽出武明遠是在電信局中負責一個技術單位，而且也打聽到了他的下班時間。他們的婚期日益接近，她想奪愛的心也日益加強，終於決定不擇手段。

不只一天地，她在電信局附近徘徊，希望碰到武明遠下班，但也許因為武明遠責任心太強，常常過了時才下班的關係，她始終不能如願。直至有一天，她前一日在譚芬家裡聽見武明遠打電話給譚芬，說明天下了班要來接她出去玩，小丹記在心裡，不動聲色，到時又在電信局附近等著。

遠遠地，她看見武明遠高大的影子出現在大門口，於是，她迎上前去，假裝路過的樣子，用最甜蜜的聲音叫著他：「武先生！」

「哦！是李小姐，你上哪兒去呵？」武明遠愕然地停下步來。

「我在那邊買完東西，正要回家去。武先生，你呢？」

「我剛下班，想上譚芬家去。」武明遠說完了就想走。

「武先生在這裡工作吧？」小丹卻故意拖延。

「嗯！」武明遠顯然有點不煩耐了。

「武先生家住在哪裡？」她還是繼續問。

「新生南路。」

「令尊令堂都住在一起嗎？」

「是的。」武明遠的面色因生氣而有點變了。

「武先生既然上譚芬家去，咱們一道走吧！」看見武明遠一直不自動開口約她同行，小丹只好自己提出。

「也好。」武明遠勉強答應了就招呼了一部三輪車。

「路並不遠，我們走走不好嗎？」小丹試探著說。

「還是坐車吧！我要趕時間哩！」

「哦！原來是趕赴小姐的約會。」小丹故意拖長著聲音說。

「也可以這麼說。」武明遠淡淡地應了一句。

和這麼英偉體面的男人同坐在一輛三輪車上，小丹也像蔡金郎和她同行時一樣有著驕傲的感覺。一路上，她含著得意的微笑，巴不得碰見熟人。可惜，武明遠都板著臉始終不跟她講話，格於女性的尊嚴，她也不便多開口，兩人就默默地坐著直到門口。

武明遠付了車錢，跳下車來對小丹揮揮手說聲再見，就走進譚家的大門口；小丹恨得心裡癢癢地也就只好進自己屋裡去。她原來想武明遠也許會請她一道去玩的，誰知他竟是這樣漠然無動於中，難道他忽略了我的美貌？難道我不及譚芬美？

她躲在布幕後自己的小天地中，攬鏡自照了足足有半小時。鏡子中出現了一個大眼睛小嘴巴，巧笑倩兮的嬌豔影子，這又使她深深地加強了奪愛的自信。

寶島的十月是天氣最晴朗的日子，在十月裡又有著三個盛大的節日，假期特別多，正是人們遊山玩水的好季節。小丹用盡心計，要製造和武明遠在一起的機會，她邀譚芬和武明遠在國慶日跟她和陸強遜一道到郊外去野餐。年輕人都是愛玩的，譚芬首先贊同，武明遠也無可不可的答應了。

每年國慶日，從附近縣市趕到臺北來看閱兵湊熱鬧的人多，從臺北出去的人少。他們一行四人選擇了基隆公園作為野餐的地點，非常悠閒舒適地坐著搭客寥寥無幾的公路車到基隆去。

小丹本來就是非常活潑的一個少女，今天有武明遠在一起，她感到心花怒放，也就更加談笑風生了。一路上，就是她一個人的話最多，她那甜美的笑聲像一串掛在風中的銀鈴似的不斷地在車廂內叮噹響著，使得同車的搭客們都暗暗為這笑聲而傾倒。

下了車，一陣混著汽油味、垃圾味和腥味的海風立刻向他們撲來。小丹伸了一個懶腰，深深吸了一口海的氣息，嬌呼著說：「海！海！我有三四年沒看到海了，海多好！」

說著，她也不管其他的人，就像一隻鳥兒一樣振翼奔向海邊。其他三個人相視而笑，也都跟著她走。小丹站在海邊，閉著目，張開兩臂，接受著海風的洗禮；海風吹著她身上薄薄的衣裙，使她美妙的曲線更加浮現，看來簡直像是海上的女神。

譚芬讚嘆著向武明遠說：「小丹真美！」

「是的，她很美，不過，你也很可愛哩！」武明遠得體地答了譚芬。

在基隆公園的最高處，他們把帶來的桌布鋪在草地上，舉行著別有風味的野餐。這次野餐是大家合著出錢的，但小丹認為自己是發起人，就以女主人自居，不但殷勤地勸大家吃，並且還替大家服務。她替每一個人倒了一杯裝在暖壺中的咖啡，又替每一個人塗好了麵包；當她遞食物給武明遠的時候，總是用含情脈脈的眼光注視著他，但武明遠每一接觸到這樣的眼光，立刻就避開了。

看見武明遠像木頭般毫無反應，小丹又想出了新的話題。她說：「我們四個人現在可說已經很熟了，我對譚芬和強遜都知道得很多，只有對武先生還是茫然無所知，武先生，你對我們談談你自己好不好？」事實上，她對陸強遜也是茫無所知的。

「哎喲！李小姐要訪問我了！」武明遠很幽默地說了這一句，笑了一笑，就沒有再說下去。

譚芬接著說：「他這個人最沒有什麼值得介紹的了，死死板板的除了工作以外什麼都不知道，也什麼都不會玩，跳舞還是我強迫他學的呢！」

「我老了，當然跟你們這些年輕人不同了，老弟，你說是不是？」武明遠轉向陸強遜說。

「你別吹牛！我看你跟我差不了多少吧？」陸強遜說。

「我比你大了好幾歲，不信，你問她。」武明遠處處要譚芬為他發言，以表示他們關係的密切。

「真的，過了年他就三十歲了。」譚芬說著，和武明遠兩人深情地互相凝視了一下。

「真看不出！我還以為你跟強遜差不多！」小丹討好地說。她希望武明遠因這句話，而了解一點她的心意，誰知武明遠卻正沉醉在譚芬戀愛的目光中，並沒有聽到她的話。

小丹心裡涼了半截，明白自己枉用心機；一縷愁雲自她心中升起，遮掩了她臉上的笑靨，銀鈴似的笑聲也在霎時間隨風而逝。譚芬和武明遠都看得出小丹的態度忽然變了，但他們不曉得為什麼，只有陸強遜冷眼旁觀，明白一切。

咖啡變成了失戀的苦汁，麵包西點都變成了梗喉的石塊，小丹的食慾完全消失了。她無言地站了起來，離開了歡樂的野宴，背著他們站在山邊，眺望著基隆港外海天一色雄偉的奇景。秋日的暖陽曬得她雙頰發痛，但她的心是淒涼的；山風吹拂著她的頭髮和裙腳，她的思想紊亂如麻，想得很多、很遠。這兩年來，她已不大想家、想父母了，可是，如今面對著海，加上剛才所受情緒上的打擊，這失去了家的遊子，忽然又憶起了留在上海的爹娘。爸爸和媽媽不知還安好嗎？還有一群幼小的弟妹，他們吃得飽？穿得暖？

一滴淚珠從眼角沁出，她抬起手，想用手背去擦掉它，一條雪白的手帕及時遞到她的手中。那是陸強遜，他站在她身邊已很久了，現在，他溫存地用一隻手臂圍住她的肩膀，小丹不由得就伏在他肩上痛哭起來。

譚芬和武明遠也好心地走過來問，陸強遜明知她哭的是什麼，但卻很聰明地為她掩飾著：「小丹看見海，忍不住想家了。」小丹很感激他的解圍，不過對他的過份聰明和狡黠也覺得有點顧忌。她想：這個人簡直是鬼靈精，別人的心事他一猜就透，多可怕呵！

野宴的主角一哭，原來的歡樂就無法持續下去。陸強遜提議回去，大家就默默地收拾好東西，下山坐公路車回臺北。

到如今，小丹不得不承認自己完全失敗；還好她不是那種癡情的人，這樣淡淡的失戀一次對她並沒有太大的影響，在基隆公園的山頭一哭，回到家裡傷心了一夜，事情就算過去。對譚芬，她仍然保持一向的友誼，因為譚芬是富家小姐，小丹不願放棄這個闊朋友。對武明遠，她也能鎮靜如常，雖則內心對他始終有著特殊的情感，可是她卻能深藏不露。

她這段暗戀幾乎是沒有人知道，只有陸強遜看穿了她的內心。基隆之遊第二日的晚上，他約她去坐咖啡室。今天，他的態度有點異常，本來談笑風生的他變得十分沉默，而且一直用一種很怪的眼光盯著她。

小丹不安，不耐煩，也不高興了。她嗔罵著他：「討厭！你這樣死盯著我幹嗎？難道我今天有什麼不同嗎？」

「我恐怕有一點，小姐。」陸強遜陰沉地一笑。

「哪裡不同嘛？」小丹看看自己的衣服，又摸摸自己的頭髮，不解地問。

「不是說你的外表，我指的是你的內心。」

「你今天到底是怎樣了嘛？」失落了一件寶貴的東西，小丹的性情不免更加急燥。

「我是說，你的心變了。」他銳利的眼光直射著她。

「別胡說八道了，我沒有空跟你瞎扯。」

「小丹，你不要以為我不知道，你在偷偷愛著一個人。」

「胡說！」她的心陡然一驚。

「你用不著否認，我早就看出來了，不過我知道你不會成功的。」陸強遜很平淡地說，嘴角帶著一絲狡獪的微笑。

「我不知道你在講些什麼，假如你再說下去，我就要走了。」小丹不是怕陸強遜，假使她這次奪愛成功，她一定大大方方地告訴陸強遜，以為炫耀；但是，她失敗了，所以不得不矢口否認。

「好，好，好，我不講，我不講。」陸強遜好像在哄騙一個倔強而不聽話的孩子。

小丹餘怒未息，雙眼瞪視著他。陸強遜默默地和她對看了一陣子，換過溫柔的口吻又問：

「我真怕有一天我會失去了你，小丹，你說我會不會？」

「那要看你自己了。」對方在向自己乞憐，小丹又神氣起來，她把頭昂得高高的，像個女皇一般。

「看我自己？那你現在對我滿意嗎？」他裝出了一副可憐相。

「不十分，像剛才那種態度就使我討厭。」

「那我以後不再這樣，行不行？」

「少囉嗦，將來再說。」小丹接著就站起來走出咖啡室，陸強遜尾隨著她，心裡有著淡淡的辛酸。

十三

自從發現了自己居然有著一個童年的好友在臺北，在戴克勇的流浪生涯中似乎又多了一個寄託。藥房的老闆馬先生夫婦對他都不錯，同事們也很友善；然而，他們都抵不過一個李小丹。儘管小丹對他很冷淡，他仍不時抽空上她家去；小丹是很少在家的，他偶然能看到她一面，聽見她對自己說一兩句敷衍的客氣話，他就滿足了。

每次去過小丹的家，回來的晚上他都會重溫到兒時的甜夢。在夢裡，他又是個拖著兩道鼻涕的頑童，小丹是個梳著兩條辮子的小姑娘。他們一同在曬臺上放風箏，在弄堂裡打彈珠，在操場上踢毽子，在校園裡捉迷藏。在夢裡，往往是小丹在前面跑，他在後面追，不是永遠追不到，就是絆倒在地上驚醒過來。

這一年的暮春三月，是他二十三歲的生日，做了一年多的店員，他省吃儉用，已儲蓄了一點錢，他忽然想替自己慶祝慶祝。可不是嗎？自從十九歲那年在上海媽媽給他做了一次生日後，這三年來他流浪在外，根本就把生日給忘了，今年環境好轉，難道不應該表示表示嗎？

他不願意驚動老闆和同事，那麼，除了他們以外，在臺北唯一的熟人就是小丹了。對了，上次要請她們姊妹來吃飯，她們不肯，這一次，該不會再推托了吧？生日的前兩天，他到小丹家去了一次，小丹不在家，他很坦白很誠懇地告訴小碧，說明後天是他的生日，他在這裡舉目無親，一定要請她們來玩半天，那天是另一個同事的休假，他已和他對換了。

小碧一口答應了，並且答應負責把小丹說服同去，戴克勇就心滿意足地離去。

小丹回家一聽姊姊又是自作主張地答應了這「無聊的邀約」，起先又是大大光火而聲明絕對不去。可是，小碧這次再也不姑息妹妹了，她說她驕傲而虛榮，「你以為你這樣鄙視著一個當店員的老同學就表示自己身分的高貴嗎？不見得吧？」

小碧從來不曾這樣嚴厲的口氣對她說過話，加以姊夫也在旁勸她要去；小丹忽然內疚起來，戴克勇是自己的同學，何以姊姊和姊夫反而比自己對他更關心？我竟然真的變得如此冷酷無情，甚至像姊姊所說的「驕傲而虛榮」嗎？

「去就去吧！真麻煩！是不是還得送禮呢？」她還是不服氣地悻悻的說。

「當然得帶點東西去，本來送一個生日蛋糕最好，但他不願被別人知道的，所以又不行。我看就買些肉鬆奶粉之類的罐頭去，他可以留著吃。」

戴克勇的宿舍是在藥房附近一條巷子裡的一層一樓上，一間十二疊大小的房間擺了三張床，倒也不覺得擠，房間收拾得很整潔，在那張唯一的圓桌上還擺了一瓶鮮花，看來是戴克勇特別準備的。

當小碧、小丹姊妹倆傍晚出現在他的房門口時，他高興得堆著滿臉笑容，三步併作兩步的趕出來相迎。

「請進來坐，請進來坐，姊夫和孩子們呢？」他忙不迭地說。

「澤民在家裡帶孩子，他說謝謝你了。」小碧說。

「噢！姊夫真客氣！要是通通來多好！」

他手忙腳亂地招呼姊妹兩人坐下，送上剛泡好的香茶，又奉上上好的糖果。小丹看著覺得可笑，就說：「戴克勇你忙成這個樣子幹嗎？你這樣我們下次還敢來嗎？」

「你也坐下來嘛！再客氣我們可真的不敢來了。」小碧也說。

戴克勇聽話的在她們對面坐下，微笑著沒有說話，棕色的臉上充滿著快樂和滿足。

「今天是你幾歲的生日了？」小碧問。

「二十三。」

「那你比小丹還大一歲，看來你好像比她小哩！」

「哪裡呵？我流浪幾年，自覺已經很老了。」戴克勇說完了，看見小丹一直不開口，又說：「我現在來開始炒菜好不好？沒有什麼，就是兩個菜和一鍋麵，很容易就弄好的。」

小丹只是笑了笑，沒說什麼。小碧卻站起來說：「來，我幫你弄。」

「姊姊，你是客人，你坐著休息好了。所有的東西我都已洗好切好，一炒就行，沒什麼可做的。」戴克勇說。

「沒有關係，我在家裡弄慣了，倒是閒了反而不舒服哩！」

「那麼你看著我做好了。」戴克勇走到房間的角落裡，把一鍋擱在煤油爐上已燉得很爛的鷄湯取下來，把炒菜鍋放到爐子上。小碧站在一旁，看見他很熟練地炒了一盤糖醋排骨和一盤炒划水，然後又擱上一鍋高湯，準備下什錦麵。

「戴克勇，你真了不起！做菜做得比我還行，將來誰做了你的太太才夠福氣哩！」小碧不由得讚嘆著說。

「哪裡的話？」戴克勇的臉紅了。

戴克勇和小碧在這邊做菜，小丹無聊地在房間內瀏覽著，她看見牆上釘著一個書架，架上放了不少書籍，其中大部分都是高中的教科書和升學參考書之類。

「戴克勇，這些書是誰的？誰這麼用功呀？」她大呼小叫地說。

「是我的。」

「你工作這樣忙，還有時間用功嗎？」想到自己這幾年來的與書本絕緣，小丹不禁感到有點慚愧。

「在上下班以前總有一點時間的。」

「你這樣用功是準備考大學嗎？」

「不一定，我只是覺得也許有一天會用得著它們罷了！」戴克勇一面下麵一面回答。麵好了，戴克勇把圓桌上的東西都挪開，把菜擺好，就忙著招呼小丹姊妹倆來吃。他的烹飪術的確高明，嚐了兩口以後，一向不愛吃家常飯菜的小丹也讚美起來了。得到小丹的讚美，戴克勇更興奮了；他一向沒有喝酒的習慣，今天請小姐吃飯也沒有預備酒，可是，此刻的他，臉紅得像喝了酒，心裡也陶醉得像喝了幾杯。

無論小丹怎樣不耐煩久坐，但在禮貌上，做客人的總不能一吃飽就走；因此，飯後她不得不忍耐著等候戴克勇為她們剝橘子。

當戴克勇剝著橘子時，嘴裡輕輕的在哼著一首歌。小碧聽了覺得調子有點熟，就問：「這是什麼歌？我好像在哪裡聽過呢！」

「這首歌名叫『憶兒時』，是我在初中時學到的，可能你們也學過。」

「哦！對了，我記得了。小丹，你記得不記得？」

「忘了。」小丹搖搖頭，一點興趣也沒有。

「戴克勇，這首歌很好聽，可惜我把歌詞忘了，你唱給我們聽聽好不好？」小碧說。

「我也很喜歡這首歌，我常常唱的；唱得不好時，你們不要笑我。」戴克勇沒有推辭，他清了清喉嚨，就唱：

「春去秋來，
歲月如流，
遊子傷漂泊。
回憶兒時，
家居嬉戲，
光景宛如昨。
茅屋三椽，
老梅一樹，
樹底迷藏捉。
高枝啼鳥，
小川游魚，
曾把閒情託。
兒時歡樂，
兒時歡樂，
斯樂不可作。
兒時歡樂，

兒時歡樂，

斯樂不可作。」

他有一副很好的歌喉，唱得也有感情；當他唱到「兒時歡樂，斯樂不可作」時，他那洪亮的男高音顫抖著，臉部的表情也由愉悅而變為傷感，充滿憂愁的眼光停留在小丹的臉上，似乎想在她那裡找尋他兒時的歡樂。

然而，小丹卻不耐煩了，她低頭看了看腕錶說：「姊姊，已經很晚了，我們走吧！」

「戴克勇，今天晚上謝謝你了，我怕孩子們會找我，要早一點回去，你的歌唱得很好，以後我希望能再聽到。」小碧站起來說。

「你們再坐一會不好嗎？」戴克勇頗為失望地說。

「不坐了，戴克勇，這些東西是我姊姊送給你的。」小丹走到門口時，指了指她們進門時放在一張小几上的罐頭食物。

「姊姊，你不能買東西來，這樣就是見外，你把它帶回去給孩子們吃吧！」戴克勇誠惶誠恐地一定要把那包東西交到她們手上。

「那只是一點小意思，你客氣什麼呢？」小碧說。

「戴克勇，別這樣推來推去的了。你再這樣婆婆媽媽的，我可不要再理你了。」小丹說完拉著小碧就奔下樓去。

小丹這句話果然收效，戴克勇不敢再追下去，無可奈何地，他只好在樓梯口叫著：「那我只好收下了，姊姊，謝謝你！」

十四

小丹所日夜擔心著的壞消息終於來臨，有一天，譚芬告訴她，她和武明遠已決定在中秋節舉行婚禮了。自從那次試圖奪愛失敗後，小丹的心一直不曾快樂過，她希望有一天奇蹟發現，武明遠能移愛於她。

當譚芬把結婚的消息告訴她時，她好像脖子上挨了一刀，也好像聽見了自己死刑的宣判；在極度痛苦中，她很清醒地告訴自己：你無望了，死了這條心吧！聰明的她現在已能夠做到喜怒不形於色，她極力地抑制著心頭的痛楚，裝出一個甜蜜的微笑，伸手和譚芬相握說：「恭喜你哪！譚芬！」

「謝謝你，小丹，到時你就要和陸先生做我們的儐相呵！」譚芬的臉煥發出從來不曾有過的光輝，那是沉醉在愛情中的少女才會有的。

「你真幸福！」小丹又羨又妒地說。

「是的，我很幸福，不過，小丹你很快就有這一天的。小丹，這個星期日你陪我到委託行去買些衣料和化妝品好不好？」譚芬說。

「你為什麼不叫武先生陪你呢？」

「男人總是沒有耐心陪女人買東西的，我不想叫他去。本來媽也可以陪我，可是她選擇的花樣和我不一樣，所以我覺得還是請你陪我好，咱們一切都合得來。」

「好吧！假如你認為我合適的話。」逛委託行也是小丹的嗜好之一，她是不會拒絕的。

在一家規模最大的委託行裡，譚芬買了衣料、羊毛衫、襯裙、胸針、耳環和各種化妝品，彷彿一下子要把那間委託行買光才罷休似的。買完了她自己的東西以後，她還要小丹選了一件旗袍料和一副耳環，說這是給她在喜筵上穿戴。她選好了這一堆貨品，吩咐店員包紮好替她送到家裡，然後對小丹說：「小丹，累你陪了我這麼久，真不好意思！我們到咖啡室去坐坐好不好？」

她才說完這句話，站在他們旁邊一個高高胖胖的中年紳士就接著說：「兩位小姐，謝謝你們光顧小店，我可以有招待你們兩杯咖啡的光榮嗎？」

譚芬和小丹看著這個人相顧愕然，店員告訴她們：「這位是我們的老闆徐先生。」

「敝姓徐，兩位小姐請裡面坐一會兒好嗎？」徐老闆說話時帶著一口濃重的寧波音。

看見這位老闆彬彬有禮的樣子，譚芬想以後可能還要來光顧他，坐一下又何妨呢？她小聲對小丹說：「我們進去坐一會兒吧！」

徐老闆推開店側一道彈簧門，讓她們進去，原來裡面卻是別有天地。地上舖著厚厚的猩紅色地毯，襯著那套金黃色沙發，首先就令人以豪華的感覺。

對著門口，一張奶油色的辦公桌大得驚人，那可能是為了他自己龐大的軀體而定做的。窗臺上擺了一個水族箱，幾尾美麗的神仙魚在悠閒地游來游去。室中一共擺了三瓶花，花瓶也都很巨型，使得室中不但充了色彩，而且也充滿了花香。譚芬的家雖然也佈置得很堂皇華麗，但跟這一比，就如小巫見大巫。小丹對這美麗的環境自然更是艷羨不已，她一坐下來就忍不住東張西望，當她的眼光接觸到牆上的幾幅油畫和照片之時，不禁羞紅了臉，不敢再看。那些畫和照片清一色的都是裸體女人，這使得譚芬和小丹事後一致認為恁麼體面的書房而掛著這種「下流」圖片，簡直是白玉之玷！

招呼她們坐下後，徐老闆也在她們對面坐下。他說：「剛才我聽見兩位說要去喝咖啡，我這裡有最好的巴西咖啡，我已吩咐人去煮了，馬上就會送進來。」

「噢！這怎麼好意思？」譚芬說。

「兩位光顧了我這麼大一筆生意，招待一杯咖啡算甚麼？」東西明明是譚芬買的，徐老闆口口聲聲卻說兩位光顧他，這使得一直在充當配角的小丹有點不安。

當他在講話的時候，小丹暗暗打量了面前這個彪形大漢一眼，她覺得與其說他像是一個商人毋寧說他像個職業拳師或電影明星來得更妥。他看來有六呎高，很強壯，已面臨發胖的階段。他的目光炯炯逼人，鼻子在東方人中算是很高的一種，嘴唇肥厚多肉，方臉大耳，膚色紅潤。這個相貌，本來是福相多於好看；可是他在服裝上的成功，卻使他變成了一個非常挺拔的美男子。這是炎熱的初秋天氣，在臺灣根本很少男人穿上裝，但這位徐老闆卻是穿著一套看來極其輕軟的米色西裝，配著一個黃色小花的領結；可能他懂得「心靜自然涼」的秘訣，穿著得這樣齊整而絲毫沒有苦熱的樣子。

小丹在打量著他時，發現他的眼光落在自己身上多過在譚芬身上，心裡一驚，就不敢再看他一眼而假裝欣賞水族箱。

一個美貌的女店員捧了一個很大的托盤進來，裡面放著一壺咖啡，三個杯子和一盤西點，所有的器皿都是銀子做的，閃閃發著亮光。

徐老闆替她們倒了咖啡，三個人慢慢喝著。他很懂禮貌，除了請教了她們的姓氏外，對別的事情並沒有多問，只是不時地對她們微笑，請她們吃點心。

喝完咖啡，譚芬笑著問：「徐老闆，你是不是常常請顧客喝咖啡的？假如是的話，我們將會常常來，可是那樣你就要虧本的呵！」

「我並不是每一個顧客都請，美麗的顧客才有這種權利，至於你們兩位，就是不買東西，我也願意天天請你們。」徐老闆笑著說，他的眼睛卻只看住小丹。

「徐老闆真會說話！謝謝你，再見！」譚芬沒有注意到這些，拉著小丹的手，就往外走。

「譚小姐、李小姐，謝謝你們，以後請常常來呵！」徐老闆慇懃地把她們送出店門，還加上一鞠躬。

十五

髮上戴著花環，身上穿著白紗夜禮服，和陸強遜一人一邊站在新娘和新郎的旁邊，小丹有著夢一般的感覺。現在的她，沒有快樂也沒有憂傷，只是像機械人一樣站著。當然，敏感的她也意識到，當她在莊嚴的琴音中走向神壇時，觀禮的來賓席上會發出嘖嘖的讚美聲。她知道她比新娘更美，可是，那英俊的新郎卻屬於不美的新娘。她也知道此刻的陸強遜有什麼感覺，因此，她極力避免不去接觸他的眼光，以減少自己內心的不安。

婚禮之後，新郎新娘，男女儐相和花童，還有雙方的家長一起在教堂的門口攝影。小丹知道自己美，知道大家的目光都集中在自己身上，於是對著鏡頭她裝出一個最迷人的甜笑。她知道在這張照片中最美的也是自己，只不知武明遠看了有何感想？

在婚筵中，小丹也是僅次於新娘的被人注目的對象。她穿著譚芬送給她新製的絲質旗袍，緊緊裹著她曲線豐隆的胴體，美麗萬分，惹得一群年輕小夥子包圍不散。陸強遜寸步不離地隨侍一旁，有人向小丹灌酒，他替她飲；有人問他們什麼時候結婚，他就得意洋洋地回答：「快了快了。」

散席後，坐在譚家為他們特備的送回家的汽車上，陸強遜握著小丹的手，在她的耳邊低低地問：「丹，什麼時候輪到我們？」

小丹不答，淚水浸滿了她的眼眶，又被她忍了回去。

「丹，回答我！」陸強遜已有幾分醉意，他沒有注意到她的表現。

「容我考慮考慮再說。」小丹咬著手帕說。

「等一下我們出去散散步好不好？你看月色多美！」陸強遜湊近她說。

小丹這時才留意到，夜深人靜的街道上，瀉滿了如銀的月光。

「我很累，不想走動了。」她搖搖頭。

「那麼明晚好不好？我們到圓山去賞月。今夜的大好月色被他們辜負了，明晚可不要錯過呵！」

「好吧！」心煩中，她已經沒有主意了。

下了車，站在門口等候開門的當兒，她看見了中秋的皓月，像一面光潔無塵的圓鏡嵌在萬里無雲的夜空上。她的心中感喟著：譚芬今夜真是人月雙圓了，但我呢？

八月十六夜，圓山腳下基隆河畔的月色，依然像昨夜一樣皎潔澄澈。基隆河畔的草坡上，疏疏落落地偎坐著雙雙對對的情侶，小丹和陸強遜也是其中的一對。到底是仲秋了，河面上吹過來的風已有點涼意，小丹穿著一件薄薄的短袖毛衣，禁不住一連打了幾個噴嚏。

「你冷了。」陸強遜脫下他的凡立丁上裝，披在小丹的肩上，還伸手環攏著她的肩膀。

「那你不冷？」小丹感激地看了他一眼。

「只要你溫暖我就不會感到冷了。」

「你真會做詩！」

「如果我會做詩你就是我的靈感。」他把臉貼住她的鬢髮，頭髮使他的皮膚發癢，他反而有著快感。

「油嘴！」小丹把他推開了一些。

「丹，你愛不愛我？」他又靠過來，喃喃地問。

「神經病！這句話你到底要問幾次才算數？」

「我要問千千萬萬次，因為我喜歡聽你這樣對我說。」

「傻瓜，假如我不愛你，會跟你這樣親熱的坐在這裡？」

「丹，那麼我再問你，昨天晚上的問題你考慮過沒有？」

「對不起！我昨夜太疲倦了，一上床就呼呼大睡；今天又忙著上班，還沒有考慮到哩！」

小丹半認真半開玩笑地說。

「丹，你用這種態度來處理你的終身大事，我很失望。」陸強遜假裝生氣，放開了她。

「那你要我怎樣呢？」

「我不相信你從來沒有考慮過。你要知道，我們相愛已兩年多了，這是我第二次向你提出的求婚，第一次的時候你雖然一口拒絕，但你卻繼續和我來往，難道你不準備我會再度提出？」

「我不是說過我不要這樣早結婚的嗎？」

「還說早？你姊姊都已經有了三個孩子了。」

「我就是不要學她，她的罪真受夠了。」

「是呀！我們可以不要學她，你不喜歡孩子，我們不要孩子就是。還有，假如你不願意坐在家裡，我也不反對你仍然出去工作。」

「除非我不結婚，結了婚我才不要出來工作，太太們在外面做事，就彷彿是丈夫養不起她似的，像以前電臺那位呂大姐一樣，可憐死了。」小丹換了電臺以後，到今已有兩年，貪玩的她，對這份工作又早已生厭。她之所以答應陸強遜考慮婚事，也無非是不想再去工作。

「你不做事更好，可以整天陪著我。我的小心肝，你就答應我吧！」陸強遜緊緊摟著她，不停地吻著她的面頰。

「假如我答應你，那你準備什麼時候舉行？」

「愈快愈好！明天我們就到法院去公證。」陸強遜說著跳了起來，雙膝跪在草地上，把小丹整個人抱入懷中大叫著說：「我的小心肝，你真好，你答應我了，你答應我了。」

「別發瘋了，人家會聽見的。」小丹掙扎著把他推開。「我還不算答應你，你也別想我肯到法院去公證。如果我結婚，我一定要有盛大的儀式，起碼要像譚芬那樣。」

「我的小妻子，你要什麼我都答應你，假如你要天上的明月，我也要坐噴氣機去給你摘下來。」

「誰是你的妻子？你說話得小心點，我還沒答應你呵！」

「那你快點答應嘛！幹嗎要這樣折磨我呢？」

「我們雖然認識了兩三年，可是我對你所知實在並不多。每次見面，你除了談情說愛以外，就是談電影、談跳舞、談吃、談你機關裡的洋人，很少談到你自己。我只知你從小是個孤兒，一個人在臺灣，賺的是美金，英文很棒，愛玩愛跳舞，對我很忠實，此外，就一無所知了。」小丹現在才是真正的在考慮。

「那麼，你想再知道一些什麼呢？請儘管問吧！」

「首先，我得知道：你有沒有能力舉行一次豪華的婚禮？婚後，你又能不能供給我過著舒適的生活？」小丹非常現實地問。她想起了陸強遜兩年多以來不曾送過任何東西給她的缺點，不由得對他的經濟能力懷疑起來。

「這個嘛！我知道你羨慕譚芬的婚禮，但是，他們兩人是基督徒而我們不是，我們不能到教堂去行禮，而且我們認識的人沒有他們的多，婚禮就不會像他們那樣熱鬧；如果在飯店的禮堂中行禮，不知你同意不同意？」

「可是要選最堂皇的飯店呵！第二個問題呢？」

「所謂舒適的生活是沒有一定的標準的。如果你要過譚芬娘家那種生活，我就沒有辦法，因為我到底是薪水階級；不過，我相信我的收入絕不會少過武明遠就是。」

「你為什麼要跟他比呢？他是個公務員，而你是在洋機關工作的呀！」

「你不要小看他，他是個技術人員，又是主管，待遇跟普通公務員不一樣的。」

「對了，強遜，你在那洋機關擔任什麼工作？我多糊塗！到現在還不知道哩！」

陸強遜聽了，眼珠子一轉，很快地就用英語說了一個字。那個字小丹聽不懂，但又不便問，也就只好假裝聽懂。

「還有什麼問題沒有？」陸強遜用英語又問，當然這次小丹是聽懂的。

「唔！還有，以後住的問題怎樣解決呢？」

「這還不簡單？去租呀！」

「我不要住日式房子，我喜歡住小洋房。」

「當然要選你合意的。」

「那麼你什麼時候去找？在臺北找房子不容易的呀！」

「你先說我們什麼時候結婚？」

「明年元旦吧！」小丹咬著牙說。她心裡想，就冒一次險吧！我再也不願意為了幾百塊錢而天天在麥克風前浪費唇舌了。

「好！一言為定，月亮給我們做證人，你已經答應嫁給我了。」一片烏雲遮住了明月，大地頓時變得黑暗起來。在黑暗中，陸強遜乘機擁住小丹，給予她定情一吻。

「好了，時候不早，讓我們回去吧！明天，你就得開始找房子了。」小丹站起身來，把衣服還給陸強遜，一面用手整理著凌亂的鬢髮。

「當然，當然，難道我不比你急嗎？小丹，明天下班後我來接你，我們到那家猶太餐館去吃飯，慶祝我們的婚事。」

「好的。」

陸強遜摟著她的腰，兩人緩緩爬上斜坡，走出大路，將到中天的明月溫柔地照耀著他們。

十六

答應了陸強遜的求婚以後，一向以姊姊作為前車之鑑，不願早婚的小丹竟一改初衷急著想結婚。第一、她住在姊姊家那個布幕後面已住得不耐煩了，她渴望著自己能有一個舒適華美的家。第二、她對目前的播音工作已不感興趣，在她的內心深處，只是羨慕著打扮玩樂的富家少奶奶生活。

令她傷腦筋的是，房子竟是那樣難找，兩個月的時光早過去了，陸強遜每次來找她，都說還沒有看到滿意的。現在，距離元旦只有兩個多月了，看情形，如果房子找不到，婚期只好往後延，這也就是說，他們目前還不能著手準備婚禮的事。

在焦急中，除了她的姊姊和姊夫外，小丹倒並沒有把她的婚事告訴任何人；對於這一點，她很沉得住氣，她準備起碼等房子找妥了才對外宣布。

她每天都留意報上所登的分類小廣告，希望能夠在這裡面找到她和陸強遜未來的愛巢。有一個上午，她在家裡看到一則「中山北路高尚住宅分租」的啟事，裡面所列的條件都很合她意，性急的她，就想立刻去看。

她跑到外面去借電話，想打電話叫陸強遜中午來。後來又想，為什麼要等到中午呢？現在叫他出來豈不更好？我從來不曾到過他的辦公廳，去看看也好。

從她家裡到那洋機關並不遠，在路上她就盤算著，如果陸強遜介紹她認識他的洋同事，她該說些什麼話。起碼的一兩句應酬話她是可以應付的，其他的話就留給陸強遜去說吧！反正就要結為夫婦，也不必再偽裝了。

推開那洋機關的玻璃大門，小丹正在發愁自己不知道陸強遜在哪一個部門，不知如何去找時，卻發現那個坐在大門旁邊一個櫃台後面的人正是他。

小丹高高興興地衝著他叫：「強遜。」陸強遜卻好像見了鬼一樣的目瞪口呆，一句話也說不出。

「怎麼？你不歡迎我來？」小丹看見陸強遜這種態度，心裡老大不愉快，忍不住就大發嬌嗔。

「你怎會在辦公時間內來的？」陸強遜壓低了聲音說，他的臉蒼白得像一張紙。

「為什麼不能來？任何一個機關都不禁人在辦公時間內會客吧？」小丹很生氣地說。

「我們這裡情形不同，小丹，你先回去，我下了班再來找你好不好？」陸強遜用近乎哀求的聲音說。

「不，我有要緊事要跟你說，這裡不能會客，你出來一下難道也不行？」

「小丹，對不起，現在我不能離開。」

「這裡應該是傳達室吧？你坐在這裡幹嗎？」小丹看著櫃台上面一塊三角形木板上所漆著一個她不認識的英文字，懷疑地問。

「我……我……」陸強遜結結巴巴地說不出來。

正在這個時候，櫃台後面的電話鈴響了，陸強遜拿起話筒，先用英語說了幾句，然後再改用國語。現在小丹聽懂了，外面有人打來找這裡面的職員，陸強遜告訴他打到哪一個號碼去。

「你說你是在這個地方辦公？」小丹幾乎已明白了大半，但她還抱著萬一的希望，不死心地問。

「是的。」陸強遜低著頭小聲的回答，他的眼睛不敢望向她，兩扇濃黑的睫毛卻在閃動不停。

好像一下子從雲端摔了下來，小丹覺得一切都破滅了。精美的小洋房和舒適的少奶奶生活，那只是她用極脆極薄的幻想的玻璃所造成的，現在通通都粉碎了。她沒有說一句話，沒有看陸強遜一眼，就默默地推開大門，走回家去。

一個下午她都不知道自己是怎樣過的，她照常去播音，但卻是錯誤百出。

下班出來，出乎她意料之外，陸強遜仍然像往常那樣站在馬路旁邊等她。她不理他，一直往前走，陸強遜卻在後面苦苦地跟著。

「小丹，你聽聽我的解釋。」他趕到她身旁，低聲下氣地說。

她還是不理他。

「世界上有很多事情都被破壞在誤會上，我不希望我們的愛情被誤會犧牲了。」

她有點動容，但仍然不答腔。

「小丹，我並沒有存心騙你，你聽了我的解釋就會原諒我。」

「哼！你還有臉叫我原諒你？別夢想！」小丹心裡實在也想把這件事弄清楚，她這氣忿地一聲罵，正是表示願意接受解釋的暗示。

聰明的陸強遜立刻把握住時機說：

「就算你不原諒我，也請聽聽我的解釋好不好？我們還是到猶太人的餐館去如何？那邊清靜些，說話也方便。」

小丹不作聲，陸強遜叫了一部三輪車，扶了她上去，兩個人在車上都沒有說話。

矮矮胖胖，捲髮鷹鼻的猶太老闆在飯店門口很客氣地迎接他們，把他們招呼到樓上一個最好的位置上。點了菜，僕歐退去以後，小丹就急不及待的催著陸強遜說：「說呀！看你還有什麼好說的？」

「吃完飯再說不好嗎？你要知道，肚子餓的時候容易發脾氣，不要又把誤會加深了吧！」

陸強遜故作幽默地說；但在他的黑眼中，卻隱隱露著憂色。

「你不要想使詭計。」小丹冷笑一聲，也沒有認真逼他。現在，她已自動把條件降低，職位低一點也無所謂，只要他的經濟能力優越，也就算了。

「小生不敢。」陸強遜俏皮地說，他是在極力想使氣氛輕鬆一點。

一頓美味的晚餐在沉悶中渡過。到了喝咖啡的時候，陸強遜似乎也按捺不住了，他用多情的目光注視著小丹說：「小丹，我猜你現在已經不再愛我了吧？」

「那還不是你自作自受？」小丹昂起頭望著窗外，不屑地說。

「噢！小丹，你不能這樣對待我！職位低微難道也是我的過錯嗎？何況，我自始至終並沒有騙你呀！」陸強遜脹紅著臉，激動地說。

「還說沒有？兩年多以來你一直沒有把你的職位告訴過我。」

「那是因為你沒有問我呀！後來你問，我不是告訴過你了嗎？」

「你不要用英文來嚇唬我了吧？你知道我聽不懂，故意用英文來說，要不然，今天上午你為什麼怕成那個樣子？你現在說吧！你在那機關是不是當傳達？」小丹想到自己因為虛榮心太重而造成的種種錯處，不覺惱羞成怒，她的聲音也愈說愈大起來，惹得另外一張桌子上的兩個外國人都轉過頭來向他們投以驚訝的眼色。

「小丹，請你不要叫嚷好不好？我現在什麼都告訴你，我的工作的確跟傳差不多，是詢問處的職員，擔任收聽電話，收信和引領來訪客人到會客室等工作。」陸強遜說著的時候，眼睛不敢望著小丹，似乎有點羞慚的樣子。

「你真騙得我好苦！你穿著筆挺的西裝，風度翩翩，說流利的英語，還告訴我你是聖約翰大學的畢業生。我想這樣的人才起碼也是個譯員或者秘書才對吧？誰知你——」最後的一線希望也破滅了，小丹的聲音也因為傷心而由顫抖變成嗚咽。

「小姐，你錯了。我們那邊的工友和我一樣說流利的英語，穿筆挺的西裝，上過大學的也有兩個人哩！」陸強遜開始反攻了。

「你以為你比工友高級了很多嗎？」小丹哼了一聲又說：「你現在再告訴我，你每個月到底賺多少美金？」

「我現在也算是完全看穿你的心了。你所要嫁的原來是美金。我索性把一切都說出來吧！省得你將來又說我騙你。我和你一樣拿的是新臺幣，不是美金，我們處裡的中國職員都是這樣的，只有他們美國人才用美金算。我沒有能力舖張豪華的婚禮，租不起小洋房，供給不起你所想像的舒適的生活。但是，我也可以告訴你，我不會比武明遠窮，如果你娘家像譚芬家一樣有錢，我們婚後才可以過著像他們一樣的日子。」

「你，你，你……」陸強遜最後的幾句話擊中了小丹的要害，她又急又氣，終於泣不成聲。

「小丹，不要哭，人家都看著你哩——小丹，假如你不嫌我職位低，收入少，我們還是按原來計劃進行吧！我愛你，婚後，我一定會盡量使你舒服快樂，請你相信我！」陸強遜伸過手來，托起小丹的下巴，深情款款地說。

「這些日子你故意在拖延著不找房子是不是？」小丹哽咽著說。

「不是拖延，那是因為找不到又合意又便宜的房子呀！」

「你既然租不起小洋房，為什麼不早說？」

「我不敢說出來，我怕因此而失去你。」

「陸強遜，我現在鄭重聲明，你不必再去找房子，我要把前言作廢了。」小丹板著臉說完了這幾句話，就拿出口紅來對鏡重勻嘴唇，準備離去。

「不，小丹，你不能這樣絕情！失去了你，我就活不不去了。」陸強遜的面色立刻變成死灰一樣，一面說著，一面伸手出來做出要攔阻她的動作。

「誰管你的死活？」小丹塗完口紅，拿起皮包就往樓下走。

陸強遜追下樓去，剛好遇到猶太老闆又站在門口，他會了帳，和他敷衍兩句，再追出去時，小丹已經走了。他不敢上她家去，只有憋住一肚子的氣，準備等到明天再說。

第二天，陸強遜依然癡癡地站在路旁等候，小丹出來，一看到他就像遇到鬼似的趕緊走開。陸強遜追上去，捉著她的手，哀求地問：「小丹，難道你就此不再理我？」

「你知道就不要再來糾纏。」她掙脫了他。

「沒有轉圜的餘地了？」

「沒有，沒有，咱們一刀兩斷。」

「讓我們還是做朋友好不好？等我職位升高了，錢也多掙了，我們再談結婚。」

「要我等到頭髮白？」她冷笑著。

「不會的，我在那裡工作很勤奮，美國人都很喜歡我，他們說過要給我擢升的。」

「不管你將來升到當處長也好，我現在要說的一句話就是：咱們之間一切完了，請你以後不要再來找我。」

「你不會後悔吧？」

「絕不。」

小丹昂頭大踏步的走了，陸強遜沒有再追上前去。男性的自尊心受了過重的打擊，他想，他不能娶一個把他卑視到一文不值的妻子。

在家中，小丹輕描淡寫把和陸強遜鬧翻的事告訴姊姊。小碧一向認為陸強遜華而不實，因此，對他們婚事告吹並不感到惋惜。

她說：「吹了也好，你遲些結婚也可多玩幾年。你看我，來臺灣四年半，就生了三個孩子，冬夏春都有了，要是明年秋天再生一個，那真是四季具備了。小丹，你看我現在像不像一個老太婆？」

「姊姊你太瘦了，的確看起來比你的年齡老得多，你也該保重保重身體才是呵！」不丹輕輕地拍了拍姊姊多骨的肩膀，愛憐地說。這時，她覺得在全世界上，只有姊姊是唯一愛她的人了。

十七

沒有了陸強遜每天準時的恭候，小丹頓時覺得彷彿失落了什麼似的，感到寂寞難當。下了班，沒有人陪她去玩，她就像無主孤魂一般沒有地方立腳。叫她一早回到姊姊家中聽那三個小外甥的哭鬧她是辦不到的，第一夜，她獨自去看了一場電影；第二夜，和幾個同事去吃館子；第三夜，又是看電影；但第四夜她就無法排遣了。她在腦海中計算著除了同事以外還有幾個朋友可以陪她玩，馬上，她就想到了譚芬。對了，好久沒有到譚芬家裡去了，為什麼不去找她談談呢？順便也可以看看武明遠。

一想到武明遠，她的心頭就有一種微妙的感情。她加意修飾了一番，在晚飯後到了譚家裡。

譚芬正獨自坐在廳中織毛衣，看見小丹，就驚喜欲狂地抱著她跳了起來。

「小丹，真是的，這麼久都不見你來，我還以為你把我忘了？」

「我是不敢來，恐怕打擾了新婚夫婦。」

「打擾什麼？你看我現在不是一個人麼？」

「武先生呢？」小丹有點失望地說。

「他加班去了。」

「噢！」小丹想，怪不得譚芬以前說過武明遠這人死死板板，只知工作，原來也是和她姊夫一樣，經常在晚上加班的。

譚芬去吩咐下女倒茶，小丹就細細打量譚芬的小家庭。那是電信局配給的宿舍，雖則只是一廳兩房的日式平房，但在譚芬娘家貴重的陪嫁妝奩的點綴下，倒也顯得小巧玲瓏，相當精緻。

「譚芬，你把屋子佈置得真漂亮！」小丹一面啜著茶一面說。

「這不完全是我的功勞，明遠也幫著設計的。」

「你在織誰的衣服？」小丹看見譚芬手中織著一件粉藍色的小毛衣，不禁奇怪地問。

「小孩的。」譚芬的臉紅了。

「呵！我明白了，譚芬！」小丹叫著說。她面上笑著，心裡卻感到些微妒意。

「真想不到它來得這樣快！」譚芬低著頭說。

「幾個月了？」小丹看著譚芬的身體，卻看不出有什麼異樣。

「剛兩個月。」

「還早哩！你這樣快就準備衣服？」

「反正我也閒著沒事嘛！呵！對了，小丹，現在我們出去走走怎麼樣？我一直想到委託行去看看，買些小孩的衣物，老是沒有人陪我，你現在陪我去好不好？」

「好的。」

「那我就去換衣服。小丹，你要不要來看看我的臥室？」

小丹跟著譚芬走進房間，粉紅色的床單，粉紅色的窗帘，粉紅色的桌布，一切都充滿著羅曼蒂克的情調。

一張放大的結婚照片高高掛在床頭，那是新郎新娘的儷影；全體拍的一張他們放到照相簿裡了，房間裡看不到那美麗的女儐相的影子。武明遠奕奕有神的眼光似望著她在笑，小丹的心又是猛然一痛。

譚芬現在完全作少婦打扮了，剪裁適體的旗袍，使她全身的曲線更顯得健美。當她在對鏡掛耳環時，小丹由衷地稱讚她：「譚芬，你愈來愈美麗了。」

「有人說女人第一次懷孕的第一個月裡，是她一生中最美麗的時期，所以我這醜八怪也就變得好看些了。小丹，你將來會更美的。喂！你和陸先生也該請我們喝喜酒了吧？」譚芬回頭嫣然一笑地說。

「我們吹了。」小丹聳聳肩說。

「真的？你不要騙我。」譚芬的眼睛睜得大大的。

「誰騙你？前幾天才吹的。」小丹並沒有把真相告訴譚芬，她把他們告吹的原因歸罪於陸強遜見異思遷，移情別戀，以致譚芬憤憤不平，說一定要代小丹介紹一個比陸強遜更勝十籌的男朋友。

她們坐三輪車到了西門町，自自然然地，就走到譚芬以前曾來購買結婚用品的那家委託行。徐老闆沒在店裡，所以這次沒有人請她們喝咖啡，譚芬買了一張嬰兒毛毯和幾樣精巧的玩具，又替武明遠選了兩條領帶。小丹一面幫譚芬挑選著，一面流目四顧；她看見一件繡著小花的淡黃色羊毛外套，式樣非常新穎，很想問問價錢，但又礙於譚芬在側，恐怕自己買不起時惹她恥笑，就暗暗記在心裡，打算第二天來買。

第二天她在委託行剛開門不久就去了，女店員把那件羊毛外套拿下來給她一穿，不大不小，正好合身，鮮豔的淡黃色把她襯托得更加青春嬌美了。小丹愛得不忍釋手，一問價錢，卻又嚇得張大了口。一件毛衣差不多去了她整個月的薪水，不，太貴了，忽然間她想到那個對待美麗的顧客特別親切的老闆，也許他肯減一點價錢吧？她問女店員：「徐老闆在嗎？」

「他還沒有來，我們老闆沒有這麼早來的。」

「那麼，這件毛衣請你暫時收起來，同時請你問問徐老闆，價錢少一點可以不可以，我是住在昆明街的李小姐，以前常來買東西的。」小丹有點難為情地還了一個三分之二的價錢。

「好的，小姐，我替你問。」女店員看見小丹美麗大方，以為是富家千金，也就極力巴結。

「謝謝你，今天晚上我再來好了。」小丹聽說徐老闆不會這麼早來，就選擇了晚上的時間。

這一天她下班回家，小碧交給她一包東西，說是一個店員模樣的少年送來的。小丹拆開一看，裡面赫然是那件心愛的淡黃色毛衣，包裹內附著一張印著「徐廣南」三個字的雪白名片，名片背後幾個潦草巨大的字寫著：「送給我所崇拜的播音小姐」；小丹急急再翻看包紙的正面，的的確確地寫著李小丹小姐收，地址也無誤。

「這個姓徐的是誰？」小碧問。

「一家委託行的老闆。」

「你怎麼認得他的？他為什麼要送毛衣給你？」

「誰曉得呢？我也不能算認得他呀！不！我不能平白地收受這份厚禮，姊姊，你說我怎麼辦？」

「既然不認得他，就拿去送還吧！男人送的東西還是不要隨便收為妙。」小碧想了一想又說：「假如你不願意自己去，回頭吃過飯叫你姊夫送去也可以。」

「不，我自己去好了。」又是虛榮心在作祟，小丹一心就想去查明白徐老闆何以知道她的名字和地址，還知道她是個播音員。

吃過飯，小丹特地打扮一番，才夾了那個包裹到委託行去。女店員一看見她，就笑瞇瞇地說：「李小姐，徐老闆在等著你哩！」

「等著我？」小丹驚奇地問，一面走進了另一個男店員為她推開的彈簧門內。

在那張巨大的辦公桌後，徐廣南正咬著一隻大煙斗在悠閒地翻閱著一份畫報。看見小丹進來，連忙站起來向小丹微微彎腰說：「歡迎李小姐光臨，請坐！請坐！」

小丹微笑點頭坐下，一向善於說話的她，此刻也不知如何開口。她先把那包裹放在面前的小几上，看了坐在她對面的徐廣南一眼，然後說：「徐老闆，謝謝您的好意，我不能收這份厚禮。」

「李小姐，這是什麼話？一個聽眾送東西給他所崇拜的播音小姐也有不對麼？」

「因為這份禮物太貴重了。」

「這就是李小姐瞧不起小店，別的聽眾也許送不起這一份禮品，但是，我徐廣南，從店裡拿一件毛衣，不過是九牛一毛罷了，算得了什麼？李小姐，如果您肯賞光收下，這就是我的光榮。」徐廣南說完了這幾句話，俯身向前，把聲音放低，用極其溫柔的口氣又說：「我還有一個重大的原因要你收下，因為只有像你這樣美麗的小姐才有資格穿這件毛衣。」說著，一雙眼睛就盯住小丹不放。

小丹含羞地低下頭說：「不，說什麼我也不能收下。」

「新時代的女性不應該這樣忸怩作態，來，就把它穿上吧！聽眾的好意你不應該拒絕的呵！」徐廣南說著，就把包裹打開，取出毛衣，並且動手脫下小丹身上的外套，替她把毛衣穿上，而小丹竟也像受了催眠術似的一任他擺佈。

「李小姐，你看你穿上多麼好看！你真是我所見過的女子中最美麗最可愛的一個，什麼時候，我替你拍些照片好不好？我有最好的來卡相機。」徐廣南瞇著眼睛看著她，好像在欣賞一件藝術品。

「徐老闆，你怎麼知道我住在哪裡？又知道我是播音員？」照相，也是小丹所喜歡的玩意兒，但她一時還不敢答應。

「這還不容易？李小姐是大名鼎鼎的廣播明星，我那天一聽你說話就聽出來了，後來向譚小姐一打聽，果然不差。」徐廣南得意洋洋地說。其實他一次也沒有聽過小丹的節目，一切都是後來向譚芬探聽得來的。

「徐老闆常常聽我的節目？」小丹興奮地問。

「是的，李小姐播得好極了。」徐廣南恐怕小丹跟他談到節目的內容，又連忙換話題說：「李小姐哪天有空，讓我效勞替你拍幾張照片好不好？」

小丹沉吟著還沒有回答，徐廣南又搶著說：「就這個星期日怎麼樣？我們到陽明山去拍，順便野餐。」

「我不知我這個星期日有沒有空？」

「沒有關係嘛！到時你沒有空再通知我好了，八點鐘我去接你，會不會太早？」

「八點鐘太早了，九點鐘我到你這裡來吧！」不由自主地，小丹就答應了。

穿著那件淡黃色的毛衣回到家裡，小碧看見了就驚訝地問：「小丹，你怎麼沒有還給人家呀！」

「沒辦法嘛！他硬是不肯收回。」

「那不太好吧！這件毛衣我看要值好幾百塊錢哩！」

「幾百塊錢人家才不放在眼內哩！他說這是九牛一毛。」

「這個人對你恐怕別有企圖吧？」

「那我可管不了！我不再是小孩子了，一切我自會應付的。」

「這就好。」小碧不敢也不想再說下去，她知道如果多說兩句，妹妹就會不高興的了。

十八

老天非常的幫忙，星期日那天艷陽高照，大清早的氣溫，已高達攝氏二十度，這冬天裡的春天，彷彿就專為小丹到郊外去拍照而來臨似的。她仍然穿著那件黃色繡花毛衣，下面配了一條鵝黃色窄裙，正好她有一件淺咖啡色的外套和一雙咖啡色的麂皮高跟鞋，穿起來色澤也很調配；可惜皮包是黑色的，那就只好將就一點了。

徐廣南幾乎是站在店門口等著她的，馬路邊還停著一部營業汽車，當徐廣南挽她走進車廂時，她看見一籃食物已準備好。

「我們得早點去，早上的陽光不是直射，拍出來的照片光線會比較柔和些。」在車上，徐廣南向小丹解釋他何以這樣急著去的原因。

「徐先生對攝影倒很有研究。」

「研究不敢當，很愛好倒是真的，年輕的時候我在法國學過兩年美術。」

「哦！原來徐先生還是位留學生，失敬失敬！」

「豈敢豈敢！」

「今天徐先生肯替我照像，真是太榮幸了。」

「為美麗的小姐服務是我最大的光榮，請李小姐不要客氣。」

在陽明山上的小亭畔、清溪旁、紅橋邊、綠樹下，小丹擺出無數美妙的姿勢供徐廣南攝取鏡頭；她的一顰一笑及一舉手一投足，都曾經在家裡對鏡研習過，所以，她自信這些照片都將是她生平最好看的照片。

中午，太陽的熱力更大了，他們選擇了一塊樹蔭的草地開始野餐。小丹脫去了毛衣，裡面薄薄地穿著一件綢質襯衣，顯露出的玲瓏的曲線；但當她發現徐廣南一雙貪婪的目光時，她忍著熱，又把毛衣穿上。

野餐，她立刻想起了基隆公園的那一次，時間才不過過了一年多，人事卻是何等不同呀！她想追求的武明遠已和別人結婚，而且快做爸爸了；那個癡心戀愛著她的陸強遜已被她摔掉，如今，另外一個她的追求者也在開始行動了，多可笑呵！

她抿著嘴暗笑，偷偷睨視了徐廣南一眼，這位彪形大漢已熱得只脫剩一件襯衫，正一邊淌著汗一邊在開罐頭哩！

「真熱！簡直像夏天一樣嘛！」徐廣南打開了兩罐食物，已累得滿頭大汗。

「徐先生，你替我拍了那麼多照片，回頭我也替你拍幾張好不好？」小丹說。

「替我拍？我這老頭子有什麼好拍的呢？」

「你有沒有帶煙斗來？我覺得你戴起太陽眼鏡時的樣子很帥，很像電影明星，如果再咬個煙斗就更好看了。」

「真的嗎？那我太高興了，我的煙斗是隨身帶著的，那麼等一下就請你替我照。現在，請吃點東西吧！」

這次野餐的豐盛真是出乎小丹的意外，幾乎全是外國的食品。可口可樂、葡萄汁、乳酪、巧克力、美國罐頭的魚、紅燒牛肉、鹹肉、桃子和蘆筍等，這些東西有些小丹在上海時吃過，有些根本就不知其味；她由此推想，徐廣南不但富有，而且還是個懂得享受的人，與一般生性吝嗇的富翁不一樣。

吃完了野餐，徐廣南告訴了小丹怎樣按開關怎樣對鏡頭，就真的照她的吩咐，作明星狀讓她拍照。不知小丹是真的被徐廣南中年紳士的丰度所迷惑呢？還是她存心拍馬？她不斷地稱讚他是「美男子」，「像好萊塢的明星埃洛弗林」，別得徐廣南開心地哈哈大笑。

下午，他們還是坐小汽車回去，徐廣南請小丹到店裡休息一會，喝了咖啡再走，小丹也欣然同意。

這是小丹第三次坐在徐廣南的辦公室裡，現在，她和他已非常稔熟了。兩個人捧著咖啡慢慢地啜著，徐廣南告訴她好些他以前在法國的事。他說，他在巴黎時是半工半讀，很窮，有時一連幾天都是啃乾麵包送白開水。他原來學的是繪畫，後來興趣又轉移到攝影上面。

「我老實告訴你，」最後，他下結論說：「無論繪畫或攝影我都是沒有天才的。在巴黎住了兩年，法國人的藝術我連皮毛都沒有學到，倒是，他們的生活藝術我全學到了。」徐廣南說完了，解嘲似地笑了兩聲，又得意地環顧了室內一眼，意思是說請看我這些法國情調。

小丹偷眼看了看牆上的裸女像，心裡想：這大概就是你在巴黎的成績吧？但她不敢問，她說：「徐先生，你怎樣又會做起生意來的？」

「我不是說過我求學時很窮嗎？所以回國後我決定放棄本行去從商。在上海時我是開照相館的，李小姐在上海長大，你可知道法租界裡一間叫花都照相館的？」

「我沒有留意，我那時是學生，很少去照相。」

「哦！對了，我忘了那時你還小。」

「那麼你現在為什麼又開起委託行來呢？」

「開照相館到底賺不了大錢，到臺灣以後我看見這裡的委託行生意都很不錯，所以我就動腦筋改行啦！」

「所以，你也就變成大老闆啦！」

「否則我也沒有機會認識你這位美麗的顧客了。」

「徐先生，府上各位都在臺灣吧？」徐廣南對她不斷的稱讚，小丹有點心驚；她想，這個人年紀較大，我對他不可像對陸強遜那樣全無認識呀！

「家父母都早已過世了，我現在是獨自一個人在臺灣。」

「太太沒有出來？」

「太太？哈哈！李小姐是看見我年紀大以為一定已經結過婚吧？我還是孤家寡人一個啊！」

「難道遲婚也是法國人的生活藝術？」

「不，不，這倒不是！是我自己不好，我眼高於頂，條件太苛了。在遇到你以前為止，我一直沒有見到過我理想中的女性，如今，你才算是我心目中十全十美的女郎。」徐廣南說著的時候，眼睛露出愛慕的光芒，緊緊迫視著小丹，使得小丹不知如何是好。

「這也恐怕是因為徐先生在巴黎看見過太多的法國美女吧？」小丹避過他的眼光，轉移話題說。

「無論法國的女人多美，我認為都比不上你。」他依然凝視著她。

「徐先生，謝謝你今天的招待，我還有點事，我得走了。」為了保持她少女的矜持，小丹不願逗留太久，她沒有回答他的讚美，就起身告辭。

「我送你回去。」徐廣南連忙說。

「不用了，我還要到別的地方去。」

「去赴男朋友的約會？」他面露不愉之色。

「不是，是替姊姊辦一件事。」她隨口說。

「那麼，請你稍等一下，我去拿一件東西來。」他說著就走到外邊去。

兩分鐘後他再走進來，手中拿著一個很新式的咖啡色麂皮女用皮包。他說：「李小姐，今天我替你拍照時，就注意到你的皮包和皮鞋不相配，這個，和你的高跟鞋質地顏色都一樣，你就拿去用吧！」

「不，徐先生，我怎能一再接受你的贈予呢？」她拿起皮包撫弄著，心裡實在喜愛，但嘴上不能不推辭。

「這算不了什麼，店裡拿的，又不是買的，你不必客氣。」

「我總覺不好意思。」

「李小姐，假如你覺得我這個人還值得交個朋友，就請收下，否則，一定是你討厭我。」

「哎喲！徐先生太會說話了，這叫我想不收下也不行。」小丹順水推舟的說。

「對了，這才是我的好——」徐廣南笑瞇瞇地說到這裡，頓了一下才說：「小姐。」

「那麼，謝謝你了，徐先生。再見！」

「再見！」

徐廣南慇懃地送到店門口，但卻沒有和她約後會，小丹感到微微的失望。

十九

兩天以來，小丹一直在惦念著那些照片，印好了沒有？照得好不好？徐廣南知道我的地址，電臺的電話號碼也很容易查得到，他為什麼不來找我呢？不會的，否則他為什麼要送我名貴的東西？又為什麼替我拍照？也許是他太忙，也許是照片還沒有洗出來，我還是等一兩天再打電話去問吧！太急了人家會笑話的。

星期二的黃昏，小丹下班回家，看見門口停著一部很華麗的自用三輪車，等在那裡的三輪車夫還衝著她笑了笑。她覺得很奇怪，這是誰的車子呢？門沒有扣，虛掩著，她推門進去，卻原來是徐廣南正坐客廳中等她，小碧帶著三個孩子，滿臉尷尬的在一旁陪著。

「徐先生什麼時候來的？對不起，失迎失迎！」小丹帶笑招呼這位貴賓，一面心裡又因為姊姊的家太過簡陋而感到不安。

「哪裡哪裡？我也才來了一會兒。」徐廣南彬彬有禮地站起身來迎接她。他一站起來，小丹覺得他龐大的身軀似乎把這間小小的屋子都塞滿了。

「小丹，你看徐先生多客氣，又帶了這麼多禮物來。」小碧在一旁說。

小丹這才注意到，桌子上堆了好些舶來品的罐頭餅乾糖果。

「徐先生，你又破費了，這何必呢？」小丹說。

「這是給三位小朋友的一點小意思。」

「冬兒、夏兒，你們謝過徐伯伯沒有？」小丹向那兩個繞在母親身邊，已能說話的外甥說。

「謝過了，他們真乖！李小姐，照片已經印出來，我給你帶來了。」徐廣南從口袋裡拿出一疊照片交給小丹。

小丹用興奮而又緊張的心情欣賞著那些照片，它們果然沒有使她失望，影裡的她張張都美若天仙；加上景色的優美，光線的柔和和攝影角度的適當，每一張果真都是她生平沒有過的最佳照片。

「謝謝你，徐先生，照得好極了！」她用最甜蜜的笑容來向徐廣南致謝。

「不是我照得好，是你本來就長得美。」徐廣南深深地看著她，同時又很快地掃射了小碧一眼。憑他銳利的目光，他看得出小碧本來也很美，現在是被孩子和家務折磨得憔悴了。

「徐先生，我替你照的那些呢？給我看看。」小丹又叫著。

「我的嗎？可沒有你這些好。」徐廣南微笑著，又從口袋裡拿出另一疊照片。

小丹接過來一看，不禁笑彎了腰。她所拍的四張照片中，不是徐廣南的頭少了半個，就是腳短了一截，不然就是人歪在一邊，反正沒有一張正常的。

「我的技術太不行了，簡直是蹧蹋了膠卷。」

「不是你照得不好，是因為我太難看的關係呀！」

「姊姊，你看徐先生的照片是不是有點像埃洛弗林？」小丹看見姊姊一直不說話，就拿照片走過去逗她。

「我很久沒有看電影，忘了埃洛弗林是什麼樣子的了。我看，你陪徐先生談一會吧！我還得去燒飯。徐先生，對不起，我失陪了。」小碧對照片似乎並不感到興趣，說完了這句話，抱起最小的春兒站起來就往裡走。

「這位李大小姐，我想請你們兩姊妹還有三位小朋友一起到外面去吃晚飯，您不必燒飯了。」徐廣南攔住小碧說。

「不，謝謝你，我還要等我先生回來。」小碧冷冷地說。

「那我們等你先生回來一起去好了。」

「不，小丹，你和徐先生去吧！我們不去。」小碧說著，就把小孩子通通都帶到裡面去了。

「徐先生，我姊姊帶著一大堆孩子，不大喜歡到外面去，你就不必客氣了。」

「那麼我們走吧！」

「我也覺得不好意思哩！」小丹故意開著玩笑說。

「你不去可不行，令姊已替你答應了。」徐廣南站了起來，伸手就要挽她出去。

「我不要換件衣服嗎？」小丹猶豫著說。

「不必了，已經夠漂亮啦！」

在三輪車上，徐廣南附耳溫柔地問小丹喜歡吃什麼館子，小丹說隨便，徐廣南一定要她說，她只好說：「那麼吃四川館好了。」

「上海小姐為什麼喜歡吃四川菜呢？」他笑著問。

「我喜歡它辣辣的夠刺激。」

「你也喜歡刺激，看來我們是志同道合的人了。」他哈哈大笑起來。

在錦江飯店吃了一頓美味可口的四川菜回來，小丹發覺姊姊的神色有點異樣。到底是作賊心虛，小丹一直不敢開口問姊姊為什麼；到廚房裡洗了個臉，就想鑽上床去睡覺。利澤民和孩子們已進房休息，小碧猶兀自坐在客廳中編毛衣；此刻，她看見小丹要上床睡，就把她叫住。

「剛才那位徐先生就是送毛衣給你的委託行老闆？」

「嗯！」小丹穿著睡衣，坐在床沿，交叉著雙臂。

「你們怎樣認識的？」

「我陪譚芬去他那裡買過幾次東西。」

「那麼，你本來說不認識他，他又說是你的聽眾，這都是假的了。」

「姊姊，你怎麼啦？你簡直像個法官在審問犯人嘛！」

「我不知道是什麼迷了你的心竅，為什麼你交的朋友看來都好像不怎麼正派的呢？」小碧嘆息著說。

「姊姊，你太奇怪了，我的朋友怎麼不正派？」小丹開始生氣了。

「正派的男人是這樣一見面就貿然的送東西給女孩子的嗎？而且，他年紀這樣大了，你怎知道他有沒有太太？」

「我看他也不過四十左右而已，男人這個年紀怎能說大？」

「我們的媽媽四十幾歲呀！小丹，以前我說過不喜歡陸強遜，說他有點輕浮，其實他也不失為一個純潔的青年人，像徐廣南這種老油條作風我才有點害怕哩！」

「你今夜好像專門是要挑剔我的男朋友似的，對不起，我要睡了，你獨自去挑剔吧！」小丹毫不留情地把布幕一拉，鑽入被窩，就閉目不語。

「小丹，我勸你不要這樣任性好不好？我是你的姊姊，我有責任監護你的；如果你一旦失足，被人欺騙了，我怎能對得起在大陸的爸媽呢？」小碧一邊收拾著她的毛線籃子，一面對著布幕喃喃低語。

「姊姊，我已告訴過你，我已經不是小孩子了，你不用再為我操心；而且，你也不過只比我大三歲，不見得比我多懂了多少哩！」小丹翻了個身，用被蒙頭，面壁而睡，不再理會她姊姊了。

全屋子寂然無聲，只有時鐘在嘀嗒的響著；小碧癡立在客廳中，一陣心傷，眼淚悄悄流下了面頰。

二十

中年人到底與青年人不一樣，即使在戀愛中，他們也能沉得住氣。過去，陸強遜是每天按時報到的，他不能一夜沒有見到小丹，而小丹也已習慣了夜夜出遊的生活。徐廣南可不像這樣，也許他的事業心重於一切吧！小丹總是這樣向自己解釋。

在錦江吃了那次飯以後，過了四天他才約小丹去看一場電影；然後，今天是十二月廿九日了，距離他們去陽明山拍照那天快有一個月了，他才又打電話約會小丹。

「小丹，除夕的晚上我在家裡舉行一個宴會，要把你介紹給我的朋友，你肯來嗎？」很自然地，他在電話裡開始叫著她的名字。

「我，我……。」小丹不知怎樣回答才好。

「你還沒有到過我家裡，後天下午六點鐘我叫車夫來接你好了。」他直接了當地說完了，也不等小丹答復，就掛了電話，讓小丹在這邊握著話筒，兀自發呆。

他為什麼要這樣做呢？我既不是他的未婚妻，又不是他的愛人，甚至連女友都夠不上呀！我們只約會過三次，我憑什麼資格被介紹給他的朋友呢？但是，我又何必擔心呢？是他要這樣做而不是我要他去做的；管它呢？既來之則安之，看看他要耍什麼把戲也好。

小丹開始為自己赴宴時的打扮而忙碌起來。現在，她已不像兩三年前那樣，外出時總得為衣服而發愁了；她已準備了一副相當出色的行頭，雖不高貴，但華麗奪目卻也有餘。起先，她考慮著穿旗袍好或是洋裝好，穿洋裝固然可以顯出她的青春活潑；可是，旗袍卻更能表露她玲瓏的身段，而且，也可使她看來成熟一些，與年長的徐廣南更加相配。於是，她選擇了一件襟上繡有鳳凰的黃色軟緞旗袍穿上，外面配著徐廣南送她的淡黃色繡花毛衣，穿上咖啡麂皮高跟鞋，提著咖啡色麂皮手袋；她的大衣是桃紅色的，尚勉強相配。最後，她還戴上一副水鑽耳環，在大衣領上繫上同樣的別針。對鏡一照，鏡中現出一個成熟而風韻十足的女郎，與當年借別人的舞衣去赴第一次舞會的少女相比，又是另一番韻味。

徐廣南的三輪車準時來接，車子把小丹載到松江路一幢洋房的面前。這是一處高尚幽靜的住宅區，在無數的漂亮小洋房中，徐廣南這一幢還是顯得非常出色，淡綠色的大門，圍牆上爬滿了紫藤花，首先就給人以幽雅的印象。

小丹的心怦怦地跳著，這不是我夢寐以求的住宅嗎？如今，這住宅的主人正在向我表示愛慕。天！這不是夢吧？它來得太快，太突然了，我簡直有點懷疑它的真實性哩！

車夫打開了大門，恭恭敬敬地引小丹進去。門內是一個小小的花圃，因為是冬天，花朵不多，但小丹不難想像出它在春天時花團錦簇的樣子。

走上臺階，推開紗門，小丹看見徐廣南已站在客廳中相迎。室中開著電暖爐，非常溫暖，他穿著一件暗紅色的羊毛衫，灰色褲子，穿著便鞋，咬著煙斗，樣子非常瀟灑。看見小丹進來，先是伸出大手和她相握，表示歡迎，然後就為她脫下大衣，請她坐在暖爐邊。

一個中年的男僕捧了一杯熱茶出來，恭敬地奉給小丹。徐廣南對小丹說：「這是老張，他在上海時就跟著我，人很老實。」接著，他又指著尚未退出去的車夫說：「這是老王，他給我拉車也拉了好幾年了。」

老張和老王好像事先訓練好似地一齊向小丹一鞠躬，叫了一聲「李小姐」，然後徐廣南就揮手叫他們出去。

「小丹，我家裡一共就只有我們這三個人，你看我多麼寂寞！」徐廣南在僕人退出去之後，立刻坐到小丹身邊，執著她的雙手，凝眸地看著她說。

「呵！徐先生，你的家佈置得真漂亮！」小丹任他握著自己的手，卻不回答他的話，只顧欣賞他客廳中堂皇的設備。這個客廳佈置得比他的辦公廳更華麗：厚地毯、皮沙發、絲絨窗帘、落地大燈、電唱機、各種名貴的裝飾品，無一不備，看得小丹暗暗咋舌。

「漂亮又怎樣？卻沒有人和我共享！」徐廣南饒有深意地看著她，忽然又說：「小丹，你耳上的耳環是假的，我不要你戴任何假的東西。來，我給你換一副。」說著，他就拉起小丹的手，往臥室裡走。

小丹莫名其妙地跟著他進了臥室。一看臥室，她大吃一驚，這哪像單身漢的臥室嘛？當中擺著雙人床，旁邊一張梳妝檯。她遲疑地站在門口不敢往裡走，徐廣南卻已來到梳妝檯旁邊，並且從抽屜中拿出一個小箱子來，叫她過去看。她走過去，徐廣南叫她坐下，打開箱子，裡面珠光閃閃，堆裝了無數首飾。

「你選一些來戴。」徐廣南站在她身邊微笑著說。

「你怎會有這些東西的？」小丹驚疑地問。

「都是為你準備的。」他還是笑著，眼睛裡有著狡獪的表情。

「我不信！你騙我，你是有太太的人，你看你的房間，這桌上還有女人化妝品哩！」小丹突地警覺起來，她毫不客氣地指斥著他。

徐廣南哈哈大笑起來，一直笑到流出了眼淚。

「你笑什麼嘛？」小丹憤憤地問。

「我笑你的幼稚，如果我有太太我怎敢把你帶到房間裡？」他一面笑一面說。

「她死了？」她以為自己很聰明。

「你不能胡亂咒詛人家死呵！誰是我的太太，現在還不得而知哩！」他看了看錶又說：「客人快來了，我先跟你說清楚，省得你在客人面前鬧彆扭。你看這房子不像單身漢的房間是不是？我買雙人床，是因為我太胖，睡小床不舒服；我買梳妝檯，是因為我也喜歡打扮，沒有人禁止男人用梳妝檯吧！是不是？至於這些化妝品，的確是為了你而準備的，我從行裡拿回來，方便得很，不值得大驚小怪！」

「那麼，這些呢？」小丹指了指那些首飾。

「我有搜集珠寶的嗜好，這都是我多年來收藏的成績，有些還是從巴黎帶回來的。這些美麗的珠寶，我一直幻想著有一天要戴在一位美麗的小姐的身上，現在，小丹，你就是我理想的人選。」他雙手溫柔地搭在小丹的肩，從鏡中無限柔情的注視著她。

「不，我沒有資格接受這貴重的東西。」滿箱珠寶，在她面前閃閃生光，使她自眩，不知所措。

「你又說『不』了，我不喜歡聽你這樣說。來，快點打扮好，客人要來了。」他一面說，一面在珠寶中挑選著，最後他找出了一對用鑽石鑲著黃寶石的耳環和一隻同樣的胸針。

「囉！這一對和你的衣服顏色相配，快戴上吧！」

「你為什麼要介紹我給你的朋友？」小丹不由自主地就換上徐廣南為她選擇的耳環。對於寶石，她毫無所知，她相信以徐廣南的富有這一定是真的寶石無疑。第一次戴上這貴重的裝飾品，她的手微微有點發抖，她覺得一切一切都愈來愈像夢境了。

「因為我已選中你做我的——」徐廣南的話還沒說完，外面老張就已敲著門用寧波話告訴他客人來了。

「來，我們出去吧！」徐廣南幫她把胸針別上，伸出手臂來讓她挽著，兩人就緩緩地走進客廳。此刻的小丹，真有著已做了徐太太的感覺。

不算小的客廳中坐滿了客人，有男有女，全都是服裝華貴的。大家看見小丹，都有著驚羨的表情，於是，小丹的頭就昂得更高，而在眼波流盼之中，神情也就顯得更加矜持了。

「這位就是大名鼎鼎的廣播小姐李小丹。」徐廣南這樣向大家介紹著。小丹心裡有點失望和吃驚，但表面上不動聲色，只是以極甜蜜的笑容來接受大家的鼓掌。

接著，徐廣南一一把客人介紹給她，她發現男客個個都用貪婪的眼光看著她，而女客的目光都含著妒忌；這兩種不同的目光證實了她的美麗，她心中得意極了。

宴會在客廳左邊的飯廳中進行，一張大圓桌，不分賓主，大家都熟不拘禮地隨便坐下。小丹是主客，但徐廣南這個主人卻是緊緊挨著她而坐，慇懃地為她佈菜，使她在這陌生的環境不致感到不安。小丹覺得：徐廣南這些朋友和她平日所習見的人有些不同，男人們大口大口地灌著烈性的洋酒，眼光放肆地在女賓客們的身上遊獵，尤其對於她，他們的目光簡直像一群餓狼。他們高聲地談笑著，有時又說著一些她聽不懂的話；她想：這大概是法語吧！女客們的大膽作風，也使她吃驚，她們毫不忌憚說著女人不應該講的話，跟男人們一樣抽煙喝酒，談笑之間常常和男客們用手打來打去，彷彿忘記了自己是女人。她們的化妝都很濃，服飾妖冶，看來就像是交際花、舞娘和酒女之流的人物。徐廣南何以會有這類的朋友？小丹心裡感到大惑不解。

宴會過後，這些人酒醉飯飽，狂態更甚了。有人開了電唱機，擁了他的女伴，蹣跚亂舞；有人躲在角落的長沙發中，跟女伴做出肉麻的舉動；也有人乾脆就賭起梭哈來。

徐廣南陪著小丹坐在一張沙發上，帶著笑意看著這群人的酒後狂態，似乎頗為欣賞。小丹默默的坐著，頗感不耐，終於她忍不住對徐廣南說：「徐先生，我頭有點痛，我想先回去了。」

「真的嗎？那就叫老王先送你回去。」徐廣南對她的頭痛竟然無動於中，也毫無挽留的意思。

「那麼請你替我向你的朋友們道別。」徐廣南不但不挽留她，而且又不親自送她回去，小丹不禁因為自尊心受到損害而大為憤怒，她板著臉，冷冷地說。

「喂！大家聽著！李小姐要先走了。」徐廣南站起來，大聲向大家宣佈。

在玩梭哈的人根本沒有聽見，毫無反響；在和女友親熱的人也只是抬了抬眼皮；跳著舞的人，有人向她懶洋洋地揮揮手；有人說：「老徐太不會招呼小姐，小姐不高興了。」有人說：

「美麗的小姐不來和我跳一隻舞就走了嗎？」

小丹強忍著眼眶中的淚水，衝了出去，讓徐廣南替她穿上大衣，她連再會都不說一句，就坐上車子。

好久不曾流淚的她，回到家裡忍不住痛痛快快地大哭了一場。她氣徐廣南的這一群怪朋友，更氣徐廣南的玩弄她。當她脫衣服時發現了那枚胸針，才醒悟到自己竟已接受了他兩項名貴的贈禮。不，我絕不要接受他的禮物，明天去把所有的東西還給他，他不是我理想中的人物。

二十一

把那件淡黃色毛衣和那個麂皮皮包放在一個提囊裡，胸針和耳環放在手皮包中，小丹氣沖沖地跑到委託行去。徐廣南正坐在他的辦公桌後在核對著一疊賬簿，看見小丹進來，一點詫異的表情都沒有，只是如常地微笑起立相迎。

「今天你來得真早！昨天晚上睡得還好嗎？」他用又親熱而又客氣的態度請她坐下。

小丹本來想把東西放下，一言不發就走的。此刻一想：這樣將會顯得多麼小器，說不定他還不知道我生氣呢！犯得著為了一點小事讓他在朋友面前笑話我嗎？一轉念，小丹就把怒氣壓制著，裝著笑，從皮包裡取出胸針和耳環交給徐廣南說：「徐先生，謝謝你昨天借給我用，現在交還給你。」

「什麼？誰說是借的？我不是說送給你的嗎？別說傻話，快點放回去。」徐廣南把胸針和耳環又放回小丹的皮包裡。

「我考慮過我還是不收比較好。」

「為什麼？你一定是不喜歡我，你是嫌我年紀大呢？還是另有男朋友？」徐廣南的臉突然鐵青起來，看來十分可怕。

「都不是，我只是覺得它們太貴重了。」小丹怯怯地垂著眼皮說。

「小丹，只要你喜歡它們，更貴重的東西我都可以送給你。你看，我住的那間房子還可以吧？」他的臉又恢復了笑容。

「很漂亮，你真會享福！」

「如果你喜歡它，我願意和你共享。小丹，你嫁給我好不好？我第一眼看見你時就愛上你了。」徐廣南捉著小丹的雙手說。

「我，我……」這樣直接了當，這樣快速的求婚，使得小丹嚇了一跳。她想：這個中年人倒比陸強遜急進得多呀！

徐廣南走過去把彈簧門鎖起，又轉身過來坐在小丹身邊，伸手摟著她的肩膀說：「小丹，說呀！答應我。」

「我不知道怎麼說，我們認識了才這麼一點點時間。」她低著頭說。

「不要想得那麼多，只要我們彼此相愛就行了。小丹，你看我虛度半生都找不到一個合意的伴侶，為什麼對你卻是一見鍾情，這不是天意是什麼？快說呀！只要你一點頭，你就是兩家委託行的老闆娘了。」他的嘴湊近了她的耳邊。

「兩家？」她驚奇地問。

「是的，我在高雄還有一家。」

「為什麼我一直不知道？」

「我又不想向你炫耀我的財產，我何必告訴你？」

「我怕我配不上你。」貧富的懸殊，使她深深感到自卑。

「別這樣說了，只怕是我配不上你吧！小丹，你看，這個我都已準備好了。」徐廣南從上衣口袋裡掏出一個絲絨做成的小盒，打開，裡面赫然是一隻光芒四射的鑽戒。他拿起小丹的右手，為她套在無名指上。「小丹，這算是我給你的訂婚禮物，從現在起，你就是我的未婚妻了。」

他把她擁入懷裡，給予她深情的一吻。在這個強壯健碩的中年人懷中，小丹感到和在陸強遜懷裡完全不同；因為她明白，這個中年人將給她帶來財富和物質上的享受，而陸強遜所有的，無非是饑不能吃寒不能穿的愛情罷了！

久久，她從他懷裡起來，一邊整理著凌亂的頭髮，一邊問：「你昨晚要介紹我給你的朋友，是不是就已有意向我求婚？」

「當然囉！我不是說我第一眼看見你就愛上你嗎？」

「那你為什麼只介紹是播音小姐？」

「因為你那時還沒有答應我，我不敢亂說呀！」

「我和你的朋友們不大合得來。」她想了想又說。

「沒有關係，慢慢就合得來的。小丹，我們已經訂了婚，你說我們什麼時候結婚呀？」他吻著她的頸項又問。

「你說吧！」她含羞地說。

「我說舊曆新年好不好？」

「太快了吧？再一個多月就是過年了。」

「不快。你看，房屋家具，甚至你穿的用的都現成有了，我們用不著準備什麼，只要帖子一發，你我就等著做新娘新郎了。」

「你是不是基督徒？」小丹突然地問。她念念不忘譚芬那個莊嚴神聖的婚禮，很想一試。

「不，我是無神論者。你問這個幹嗎？」

「我在考慮我們婚禮的問題。」

「這個你放心好了，我一定為你舉行一次最豪華的婚禮，使你在報紙上大出風頭。」

「真的嗎？」她的美目閃耀出快樂的光芒，幻想著那天將有無數新聞記者前來採訪，報上也將登載出廣播明星下嫁殷商的花邊新聞。同時，她也希望這段新聞能夠給陸強遜和蔡金郎看到。

「當然真的，誰騙你？我的小妻子，從現在起，你可以隨便在行裡拿你想要的東西。」

「啊！廣南，你真好！」幾年來一直對物質感到饑渴的小丹，此刻的喜悅，比中了愛國獎券第一特獎猶有過之。一分鐘以前，她還是屬於只能在委託行的窗櫥外望望焉去之的階級；可是，從今以後，她就是兩家委託行的老闆娘，這些奢侈品都可以予取予攜了。她開心滿意之餘，不禁重重地吻了一下徐廣南的面頰，以示感激。

「你現在要不要就去帶一些東西回家？等下我還有些事情，不能陪你玩了。」徐廣南看了看腕錶說。

「好的。」能夠任她挑選她心愛的東西，這就是她最大的享受，徐廣南陪不陪她，她是不在乎的。

徐廣南摟著她的纖腰，和她走出店面。這時剛好店中沒有顧客，他對那幾個店員說：「我和李小姐快要結婚了，以後李小姐要什麼，你們就拿給她，賬記起來就行。」

在店員們一片道賀聲中，小丹無暇注意他們臉上的表情是羨慕，是妒忌，還是輕蔑；她只是忙著挑選那些衣料、絲襪、裝飾品和化妝品，要了一大堆。直至她發覺徐廣南站在一旁顯得有點不耐煩才停止。

因為這一大包東西不好拿，徐廣南叫老王踩車送小丹回去。當小丹坐上車子以後，徐廣南又好像想起了什麼似的叫住了她：「你過兩天就把工作辭掉它吧！我不願意別人說我養不活妻子哩！」

「這一點不用你操心，我知道了。」小丹眉開眼笑地說。

坐在三輪車上，她快樂得直想叫起來。冬日的陽光暖暖地照著她，街上熙攘往來地擠滿了行人。這是民國四十三年的元旦，多可愛的一個元旦！多值得紀念的一個元旦！好的開始就是成功的一半，元旦我過得這麼幸福，今年，今生，我一定也會很幸福的呵！

到了家，小碧正在廚房做飯。小丹又像當年找到工作時一樣，衝到廚房裡，先是狠狠的親了姊姊一下，然後就伸出戴著鑽戒的手出來，叫著：「姊姊，你看，這是什麼？」

「你又接受他的禮物了。」小碧冷冷地說。

「不是禮物，是訂婚戒指，我和他訂婚了。姊姊，你看這有多少克拉？」

「你和他訂婚？這麼快？」小碧放下手中的菜刀。

「是呀！舊曆年我們就要結婚了，難道你不高興？」

「你有了歸宿，我當然高興；可是，你們這樣閃電式的婚姻，我又不得不為你擔心。」

「說快並不算太快，我和他認識已有半年了。姊姊，他有兩家委託行，以後，我要替你們租一間好一點的屋子，不要再住這破房子了。」小丹滔滔不絕地說。

「你別太天真了，委託行是他的，不是你的呵！」

「是他的不就等於是我的？姊姊，你出來看我帶了些什麼回來？我要分一些給你。」

「等一下再看吧！我現在沒有空。」

「姊姊，我為你帶來了兩件衣料，為了我的婚禮，你得做兩件像樣的衣服呵！到時姊夫得做我的主婚人，糟糕！他連一套新一點的西裝都沒有，怎麼辦呢？我去拿一塊西裝料回來好不好？」

「小丹，你瘋了！你這樣做，人家對你的娘家會說什麼話？」

「我不願人家說我的姊夫連一套西裝都沒有。」

「沒有就沒有，總比那樣貪心濫取好一點。徐廣南已來過，他又不是不知道我們的處境，何必去充闊？」

「那怎麼辦呢？」小丹哭喪著臉說。

「我把他那套藏青色的拿到店裡去洗洗，勉勉強強也可以應付過去。」

「孩子們呢？」

「他們容易對付，我已為他們每人準備好一套過年的衣服了。」

「那麼你的衣料得趕快送去做呵！」

「放心吧！你的終身大事我哪能不急呢？」小碧拍了拍妹妹的肩膀，露出了一個疲倦的微笑。小丹的婚事已成定局，無論她同意不同意，多說也沒有用，她只有在心底暗暗為妹妹祝福而已。

恨不得立刻就安坐在家裡享福的小丹，第二天便向電台上了辭呈。找到了金龜婿，也就是有了幸福的歸宿；那些往日曾經使她得過安慰的聽眾們的讚美，如今都不值分文了。

在這些日子裡，她興奮得不待徐廣南找她就天天往委託行跑。有時，她撒著嬌要他陪她去看電影上館子，有時，要他陪她去買一些他行裡所沒有的東西，當然，每一次徐廣南都乖乖地侍奉著她。

婚期靠近的時候，徐廣南陪小丹去訂做了一襲最新型的新娘服；但是，當小丹問他婚禮要在那裡舉行時，徐廣南卻說要等她把女方賓客名單開出，讓他看看人數多少再作決定。

小丹原來並沒有多少朋友，她把電台上的同事名字全部寫下，再加上譚芬夫婦和呂葆真，還不足三十個人。她覺得人數太少了，拿去給姊夫和姊姊一看，叫他們再添幾個進去。小碧一看名單就叫了起來：「小丹，你真是太不念舊了，你怎麼會連戴克勇都不請的？」

「噢！我忘了。你認為我應該請他嗎？」小丹不經意地說。她和戴克勇的確很久沒有見面了，雖則他隔一兩個月總會來看她和小碧一次，但小丹極少在家，兩人根本沒有碰頭的機會，原來是她的同學，現在反而變成小碧的朋友了。

「當然要請啦！他是你在這裡唯一的同學。」

「這樣就算多了一個人。姊夫，你把你同事的名字寫幾個上去嘛！」小丹對利澤民說。

「姨妹出嫁也要向同事發帖子，這不大好吧！我不願意別人說我敲他們竹槓。」利澤民沉吟著說。

小丹鼓著腮不大高興。

小碧說：「我看發一張給我們的房東夫婦吧！那位歐巴桑對我很好，有時房租欠她十天八天她也不囉嗦，每次來還都給孩子們帶點糖果！」

「請這種土包子去做什麼？我不要他們在我的婚禮中出洋相！」

「不請就不請，這關我什麼事？是你自己嫌人少的。」小丹的蠻橫無理，使得小碧也氣起來了。

懷著滿肚子的不愉快，小丹帶著賓客名單去找徐廣南。徐廣南接過名單，笑了笑，收起來，沒說什麼。

「怎麼樣？你的開好了沒有，你準備租哪一家的禮堂？我覺得中山堂比較夠氣派，你說好不好？」小丹撒嬌地倚在她未婚夫的懷中說。

「我還沒有決定哩！這是我的事，反正我不會使你失望的，你不必過問一切，回家乖乖地等著做新娘吧！」徐廣南輕輕吻著她的前額，像哄小孩子一樣把她哄走了。

二十二

夢已成真，小丹如今真的成了徐廣南的妻子，兩家委託行和一幢小洋房的女主人了。雖然，這個夢並不如她所想像中的美滿，譬如說婚禮只在一間飯館的禮堂舉行，而不是在中山堂，也沒有新聞記者來採訪；事後她抱怨，徐廣南卻怪她的賓客太少，而他自己的也只不過數十人，婚禮可說毫不熱鬧。又譬如說她們的蜜月旅行原來說好先遊日月潭，再遊關子嶺的；但是在涵碧樓只住了三天，徐廣南就說有生意要接洽，催著她提前回臺北。這一切，在小丹心中都曾投下不快的陰影；但她強自寬解，人生不可能完美無疵的，比起那些嫁給窮公務員的少女們，她已經幸運千萬倍，不應太苛求了。

現在，距離他們婚後已經一個多月。一個明媚的春晨，徐廣南和小丹相對用完了男僕老張為他們預備的早點，小丹為徐廣南打好了領結，替他穿上上衣，最後又給他一個甜吻，然後準備送他出門。

當他要走出房門的時候，徐廣南對小丹說：「高雄分行那邊我已很久沒有去，我想今天就去一下，三天後回來，你要乖乖在家等著我呵！」

「噢！你為什麼現在才說？我跟你一道去。」

「不，我辦理正經事不能帶著女人在身邊的。」

「我不會妨礙你的，我會在旅館裡等你，我還沒去過高雄，你帶我去好不好？」

「下一次吧！今天有要緊事，我不能等你。」

他走了，他癡癡地立在院門口，望著遠去的三輪車背影發呆。暖陽高照，春色已濃，小小的花圃中長滿了嫣紅姹紫的花朵；但小丹卻連看都沒有看一眼，她的心中正交織著無限愁緒。

她走回臥室，坐在梳妝檯前，又打開那箱珠寶來玩弄，這是她婚後排遣無聊的方法之一。以前，她只能戴有限的幾件假的首飾，現在，卻有著這一整箱珠寶屬於她自己，這不能不說是一個奇蹟，所以她每天總要拿出來欣賞一番，她的手一接觸到這些冰冷光滑的物體，就感到有無上的安慰。

她把這些首飾，珍珠的、鑽石的、白玉的、翡翠的、瑪瑙的、琥珀的、藍寶石的……一件件戴上，又一件件的取下，彷彿永無厭倦。中午，她獨自一個人坐在龐大的圓桌後面吃飯，老張做的寧波菜味道很好，可是她卻沒有什麼胃口。午後，她一向沒有午睡的習慣，因為她怕發胖。書報雜誌她不愛看，針黹她不愛做也不會做，漫長的白晝怎樣挨過呢？天氣這麼好，還是出去走走吧！

挑選了一身最嬌豔的春裝穿上，小丹叫老王送她進城。事前，她是毫無目的的，上了車才想倒不如到譚芬家裡去玩吧！白天武明遠不在家，她一定也會感到寂寞的。

在譚芬家總算消磨了一個下午，最後小丹要邀譚芬出去吃晚飯和看電影，譚芬不肯，她說她不願意讓武明遠獨自在家。

「不去也吧！你們夫妻恩愛，我不應該來打攪你的。」小丹酸溜溜地說。她心裡明白，譚芬以後也不再是能陪她玩的人了。

在姊姊家吃了一頓清淡而熱鬧的晚飯，她原想叫姊夫帶著孩子，她要和姊姊出去看電影的，但小碧卻是病容滿面，不想出去。

小丹問姊姊什麼病，小碧說又懷孕了。小碧也問小丹有了沒有，小丹說：「我才不像你這麼笨呢！我起碼要玩三四年才生孩子。」

「說是這麼說，但一切都是命中註定的，你以為我喜歡有這麼多孩子嗎？」小碧嘆氣說。

這一次，徐廣南去了三天高雄，小丹就看了三場電影，因為除此之外，她再也找不出其他的消遣方法。以前她所討厭的徐廣南那班朋友，在他們婚後很少來，不知道是徐廣南沒有邀他們呢，還是他們自覺和小丹合不來？總之，小丹在婚後簡直就沒有增加一個朋友。

徐廣南回來，給她帶來了一套透明的尼龍睡衣。不過，現在的李小丹對什麼新奇的奢侈品都不大感到興趣了，她需要的是，夫婿的溫存。

她對徐廣南訴說他不在時她的無聊，他答應她下次一定帶她去；可是，到了下次，他又編造出一套不能帶她去的理由。

以後，徐廣南一個月裡總要南下三五天，小丹吵了幾次他都不肯帶她去，一氣之下，也就打消了這個意念，開始獨自去行樂。在經常到委託行來買東西的顧客中，小丹結識了兩個富家太太，她跟她們學會了打麻將，牌桌成了她逃避現實最安全的所在，從此，她就沉溺在方城之中。

由於打牌，小丹才又發現徐廣南的另一個缺點，自從婚後，他竟不曾給過她零用錢。她們的家用，小丹是不須過問的，徐廣南每個月交給老張一筆伙食錢，柴米鹽油，一切由他處理，小丹只是個掛名的主婦而已。吃的，她不必操心，穿的用的，行裡什麼都有；她也似乎是真的不需要用錢，所以她一直也不以為意；現在，她學會了打牌，錢可就有了用場，打了幾次，她自己帶過來的鈔票用得差不多了，她就不得不著急啦！

雖然是夫妻，開口要錢總覺有點不好意思，當他們在閨房單獨相對時，她囁嚅了很久，才結結巴巴地這樣說：

「廣南，我——我想拿——點錢。」

「錢？你要錢做什麼？」他露出很詫異的樣子。

「我皮包裡空空的，很不像樣，也很不方便。」她不敢說出她要打牌。

「我真不明白你要錢做什麼，你要吃零嘴，家裡冰箱中什麼都有，穿的戴的行裡都可以拿，此外你還需要些什麼呢？」

「看你多吝嗇！太太跟你要錢都要囉嗦半天，不給就算了。」小丹心中真的有氣了，但她不敢發火，她知道一吵，就更拿不到，用這種半撒嬌的方法也許有效。

小丹穿著透明睡衣的豐滿胴體誘惑了他，徐廣南走過去抱著她說：「我的小乖乖，你要多少？」

「我不喜歡開口跟人家要錢，你每個月給我一些零用錢吧！我又不是小孩子，身邊老是沒有錢，多不方便！」

徐廣南拿起他掛在牆上的西裝，從口袋裡拿出一疊鈔票，數了一數，交給小丹說：「這裡有三百多塊，你先拿去用吧！」

「太少了，我要兩千塊。」她搖晃著身體在撒嬌。

「那我身上可沒有這樣多，明天再去取吧！」徐廣南雖是答應了，但臉色卻微微的有點變了。

小丹傷心地想：姊姊的話沒有錯，委託行是他的，百萬家財也是他的，我不過是他的附屬品而已。

二十三

人心就是這樣奇妙莫測，得不到的東西永遠是好的，但到手以後，也就沒有什麼稀奇了。小丹因為渴望著物質慾望的滿足，不惜下嫁年齡大她幾乎一倍的商人。不錯，婚後她的確是可以隨心所欲的享受著一切高貴的奢侈品了；可是，現在她已不能從這些物質中得到安慰。以前，她打扮得時髦漂亮，是為了要炫耀於同性和吸引異性；然而，現在她沒有誰可以炫耀，因為她沒有朋友，她也不敢再吸引異性，因為她已結婚。

這兩三年來的歲月是黯淡無光的，她昏天黑地的在牌桌邊送走了一天又一天，除了打牌以外，其他的事情她都不再發生興趣。徐廣南仍然每個月到高雄去一次，依然是從來不帶她。她本來是可以不聲不響地跟蹤一兩次的，但她不敢這樣做，由於她需要錢，她對他已多少有點畏懼，她不敢跟他翻臉。徐廣南也不是不知道小丹有了賭的惡習，不過他沒有揭穿她，這可能是因為他自己也有著隱私吧！

當兩個人彼此在愛戀著時，都會覺得對方是世界上最可愛最完美的人；然而，當他們的愛情漸漸消褪以後，對方的缺點便又慢慢呈現出來了。未結婚以前，小丹曾為徐廣南英偉瀟灑的風儀所傾倒，而且覺得他是個風趣、慷慨而又懂得享受人生的人。現在，他們熱戀的時期早已過去，她對他的愛慢慢轉變為畏懼，於是，她看著他便事事都覺得可憎。她討厭他睡覺時呼呼的鼾聲，她討厭他煙斗中噴出來的煙草味，她討厭他每頓飯都要喝酒的習慣，她更討厭他滿口濃重的鄉音；同時，她還怨恨他對自己的吝嗇和事業心太重。不過，儘管她對徐廣南有著這許多不滿，但她卻始終沒有懷疑過他有外遇，因為她自恃貌美，她想他不會看得上另外一個女人的。

近來她已不常上委託行去，這一天，是徐廣南去了高雄的第五天，他原說好四天回來，可是到了今天還沒看見他回家。小丹昨天輸了一點錢，皮包空了，想去跟他要。她在家等得不耐煩，心裡想也許他回來了先到行裡去也不一定，不如出去找他吧！

到了行裡，店員說老闆還沒有回來，小丹向她拿了鑰匙，打開徐廣南的辦公室門，就到裡面去等候。

她坐在他辦公桌後的旋轉皮椅上，無聊地轉著。四壁掛著的裸女像似乎都在向她作著嘲弄的笑容，她很氣，心裡想，他回來後我一定要他取下這些有傷風化的照片。這辦公廳有一種寧靜幽雅的氣氛，一切陳設都和三年前她第一次到這裡來一模一樣；然而，如今人事是多麼不同呵！她偷偷地嘆著氣，又將目光投射到窗臺上的那個水族箱中。一縷日光從打開的百葉窗外射進水箱裡，使得那幾尾美麗的小神仙魚通體透明。小丹突然感到雙頰發燒，我穿著尼龍睡衣時不正是這個樣子嗎？我和這些神仙魚一樣，都是他的玩物呵！

她無聊地又審視著辦公桌上的玻璃板，板下壓著一張他們的合照，一些名片，還有一些單據，這些她都沒有興趣去看。她又無聊地開著那些抽屜，他倒很放心，全部都沒有上鎖。每一個抽屜都是亂七八糟地堆著賬簿、信件、單據和紙張，她無意檢查行裡的賬目，也沒有去翻動。右邊第一個抽屜似乎空一點，裡面有一個放雪茄煙的匣子，她隨手打開，裡面裝滿了大大小小的照片，她好奇地拿出來一一細看，原來全是女人的，而且全是年輕漂亮的女人。這些照片有照相館照的，也有自己拍的生活照。她又翻轉照片背後來看，有些是照中人寫著「送給我的南」等肉麻的稱呼，有些則是徐廣南自己寫的那個女人的姓名和住址。

這一下，小丹真有著從雲端摔了下來的感覺，她唯一足以自恃的利器——美貌，也已失靈，這給予她的打擊實在太大了。她坐在旋轉椅上，真的覺得頭暈目眩，天旋地轉。她不要再等徐廣南了，在店員面前吵，是有失體面的。她匆匆把那些照片收好，走出去把門鎖上，強裝鎮定，坐車回家。

徐廣南在當天夜裡到了家，小丹卻已病倒在床上。頭暈的感覺一直持續著，還加上噁心，晚飯才吃一口，就吐了起來。徐廣南因為自己遲了回家，又看見小徐生病，深覺過意不去。他坐在床邊，摸著小丹的前額說：「好像有一點熱度，是不是不小心受涼了？我去叫醫生來給你診治。」

本來是懷著一肚子怨氣，準備見面就大吵一場的小丹，看見夫婿突然變得這樣溫柔體貼，不禁傷心地哭了起來。

「咦！怎麼生一點小病就哭起來了？哪裡難過？告訴我。」徐廣南俯下身去輕輕吻著她。

「廣南，你是不是已經不愛我了？」她嗚咽著說。

「你今天有點奇怪，無緣無故問這句話幹嗎？」

「我發現了一點事實，證明你並不愛我。」

「是不是因為我遲回了一天？」

「你在外面一定有著許多女人，是不是？」

徐廣南的臉微微變色：「誰說的？」

「我看見了那匣照片，誰叫你不鎖起來呢？」

「哦！原來是為了那匣照片！我為什麼要鎖？那只是我拍照的成績呀！」徐廣南鬆了一口氣的說。

「拍照的成績？難道每一個給你拍照的女人都要在照片背後寫著肉麻親熱的稱呼？」

「其中有幾張是我過去的女朋友，我活了這一大把年紀，總不會一直沒有女朋友吧？」

「女朋友？真多！廣南，我再問你，你在高雄是不是有著小公館？否則為什麼一直不准我去？」

「你別多心好不好？下次帶你去。現在，乖乖地給我睡覺，明天再請醫生來。」他拍了拍她的手背，為她按滅了床頭的小燈，就走了出去。

小丹半信半疑地思量著他的說話，然後昏昏沉沉的睡去。

早上醒來，她覺得餓得慌，喝了一杯沖雞蛋的阿華田，喝下去不到半分鐘，又全部吐了出來。這時，她心裡有點明白自己不是生病，她親眼看見小碧有過四次這種「病狀」，每次小碧一吐，不久肚子就大起來了。這是「害喜」，她很可能是有了孩子了。

結婚已經三年，是應該有個孩子的了；有了孩子，自己的精神就不致那麼空虛，就是徐廣南也許會對自己好一點。她偷偷看了看還在睡覺的徐廣南一眼，他已被她嘔吐的聲音吵醒，正睜開眼望著她哩！

「丹，你又吐了？」他問。

「嗯！」她應了一聲，不期而然地兩頰飛紅。

敏感而老於世故的他已明白了這是怎麼一回事，他問了一些其他病狀，就笑瞇瞇地對小丹說：「丹，我相信你不是生病，你快做媽媽了。」

「我不知道。」她害羞地低著頭說。說也奇怪，雖然她和徐廣南結婚已有幾年，但她在他面前仍常常有著怕羞的感覺。

「不要怕難為情，等一下我就陪你去找醫生檢查。你知道，我是一直盼望著我們快點有個孩子的呀！」徐廣南坐了起來，摟著她的肩膀說。

醫生證實了徐廣南的話。從診所出來，坐在三輪車上時，徐廣南一直緊緊地握著小丹的手，同時又在她耳邊說著溫存的話，彷彿又回到他們相戀時的情景，這使得小丹高興得差點掉下眼淚來。

人是多麼善變的動物呀！三年前她還說過不願意有孩子的，如今她為了要維繫丈夫的心，竟又為有了孩子而欣喜若狂了。雖然她噁心嘔吐，頭暈心跳等症狀還存在，但她竟感到在家裡待不住，又趕到姊姊家和譚芬家去報「喜」。

譚芬這時已經有了一男一女，安心地在家裡做賢妻良母，已不像當年那樣愛玩了。武明遠升了官，也發了胖，看來已沒有從前的英挺。夫婦倆客氣地招待著小丹，譚芬還自告奮勇地告訴了她許多育嬰祕訣。

到了姊姊家，小碧不待小丹開口，就搶著說：「你來得正好，我本來就要到你那裡去的。小丹，我們要離開臺北了。」她的臉上籠罩著愁雲，使小丹嚇了一大跳。

「為什麼呢？」她皺著眉問。多年來姊妹倆相依為命，她真不願姊姊離去。

「你姊夫在中興新村配到了宿舍，我們下個月就要搬去了。」

「哦！」小丹的心沉了下去。

「還好臺中不算太遠，你可以常常來玩呀！」小碧看見妹妹難過，就這樣安慰她。

「姊姊，我有了，可是你又要離開，將來我生產時誰照顧我呢？」小丹突然哭了起來，一向倚賴成性的她，想到生產時姊姊不在身邊，就覺得害怕。

「呵！小丹，真太不巧了，可是有什麼辦法呢？廣南年紀大，他會懂得照顧你的。」

「姊姊，到時你上臺北來好不好？我怕。」

「好吧！到時如果我請到傭人，有人替我理家，我就可以來。」疼愛妹妹的姊姊慨然一口答允。

「姊姊，你們配到的宿舍是怎樣的？比這裡怎樣？」姊姊已經答應，小丹安心了不少。

「當然比這裡好，聽說是兩房一廳，還有院子。村裡又有小學，冬兒上學正方便。」

「我不管那邊好不好，反正不願意你們現在離去。多討厭的省政府！不遲不早，為什麼偏偏要選這個時候疏散呢？」小丹又開始撒野起來。

「小丹，我不在的時候，有事你可以問譚芬和我們的房東太太，她們有經驗，自會告訴你。還有戴克勇你也應該偶然和他聯絡聯絡才對，多一個熟人總是好的呀！」

「戴克勇一個單身男人，我這種事找他有什麼用？」

「你可不要小看他，他在藥房工作多年，普通的醫學常識可豐富得很咧！我這四個孩子要是有傷風咳嗽肚子痛什麼的，我都是找他的。」

小丹不再說話，因為她又吐了。

二十四

漫長的孕期使小丹受了不少的苦。起初是噁心和嘔吐，後來又是腰背痠痛和腿部抽筋腫脹；大半年的時光她幾乎都是躺在床上，牌不能打，電影不能看，當然更不能跟徐廣南到高雄去了。無聊中，她就以吃零食來消遣，巧克力、牛肉乾、燻魚、花生米、鴨肝這一類香脆的食品幾乎終日不離嘴；慢慢的，她的體重也不斷的增加。

小碧一家起程往臺中那天，小丹一早扶病趕去幫忙，卻發現戴克勇已先她而至。

「咦！你今天怎麼有空呀？」小丹詫異地望著他說。

「我請了假來的。姊姊孩子多，我知道她一定需要人幫忙。」戴克勇一面在包紮一包棉被一面說。小丹好久沒有看見戴克勇，今天發現他跟以前有點不同：他似乎長高了，皮膚沒有那麼黑，身體也更加結實。

「早曉得他這樣我就不告訴他了，這樣我們多不好意思！」小碧說。她正忙著替孩子們穿衣服。利澤民則是出去找車子去了。

小丹原想來幫忙什麼的，但是戴克勇已把需要做的事全部做好，也就只好袖手旁觀。

利澤民叫來了一部板車和兩部三輪車，行李堆放在板車上，四個大人四個小孩分別坐上兩部三輪車，直駛火車站。小丹和小碧坐一部，她膝上還抱著最小的外甥秋兒。以前，她對這四個外甥是不大感到興趣的，現在，卻也緊緊地把秋兒摟在懷裡，而且不斷地親著他的面頰。有人說女人到了相當年紀，母性自然流露，二十六歲的小丹自然也不例外。

「你現在開始喜歡小孩子了？」小碧突著問。

「是的。但我又怕自己不會帶，孩子不像你的長得這樣白胖可愛。」

「你放心！你這樣美，廣南身體又那麼棒，生出來的孩子還會不可愛麼？」

「但願如此！如果生了女兒，我就給秋兒做媳婦。」小丹笑了，她又吻了吻秋兒的面頰。

在候車室等車的時候，因為有著戴克勇在旁，大家閒聊著，倒也沖淡了不少離情別緒；然而，當大夥兒上了火車，汽笛又長鳴著催送客下車時，小丹就開始感到別離的苦痛。小碧一面催著他們下車，一面對小丹說：「小丹，你好好保重身體，我會常寫信給你的。」然後，她又對戴克勇說：「謝謝你來送行，克勇，以後請你替我照顧小丹。」

「姊姊，我一定做到的。」戴克勇很堅定地回答。

火車開動了，孩子們從車窗探出頭來，紛紛喊著「阿姨再見！」「戴叔叔再見！」小碧和利澤民也伸出手向他們揮著；但是，小丹卻是淚眼模糊地，連舉手的氣力也沒有。

戴克勇已從小碧那裡知道了小丹有孕，他擔心她的身體受不起刺激，就輕輕地對她說：

「我們回去吧！」

小丹無言地點了點頭，他扶著她走出了火車站。

「你身體不好我送你回去吧！」他說。

她又點點頭。

他叫了一部三輪車，扶她坐了上去。

「小丹，你姊姊叫我以後要照顧你，你准許我上你家去麼？」在車上，他正襟危坐，小心翼翼地問。

「我看不必了，有事我再找你。」小丹遲疑了一會才說。她為了免得徐廣南的誤會，終於拒絕了戴克勇的好意。

「也好，我把我的電話號碼告訴你，你可以打電話來。」戴克勇從懷裡掏出一本小記事冊，撕下一頁，在上面寫下幾個阿拉伯數字。

「戴克勇，你還是幹著同樣的工作？」小丹問。她覺得戴克勇長期幹著店員工作是不可思議的事。

「是的，馬老闆很倚重我，不肯放我走。現在，他還特准我晚上不用上班，給我去上師大夜間部。」

「呵！你真用功！真了不起！你讀的是哪一系呢？」學校生活對小丹已變成遙遠的回憶了，她永遠想不到，像他們這種年紀的人還會進學校。

「我讀外文系，因為我覺得自己英文太差了。」

「你恐怕還沒有我差呵！」小丹喃喃地說，又想起了她和陸強遜之間的一段往事。

車子距離她家還有一段路她就先行下車，她下意識地怕徐廣南，甚至怕老張和老王看見她和別的男人同車。

姊姊一家已搬走，譚芬也一心一意在家做賢妻良母，小丹現在是沒有地方可去了；加上她孕期中種種症狀，她就索性在床上用吃零嘴來渡過了九個月。由於吃得多而又沒有運動，她現在已變成了小胖子，一張臉滾圓的就像個皮球，這往往使得她不敢照鏡子。

二十五

四十七年的仲春，這已是小丹孕期的最後一個月。當她差不多還有半個月便要生產時，徐廣南又要到高雄去。

「廣南，不要去，我的產期快到了，我怕！」她拉著徐廣南的衣袖，不放他走。

「你不是還有半個月嗎？我去兩三天就回來。」

「要是孩子提前出世呢？」

「不會這樣巧的，你不是前兩天才去檢查過嗎？」

徐廣南一走，小丹就開始提心吊膽，疑神疑鬼，腰部一點點酸，肚子一點點痛，便以為是要生產。小碧在不久以前有信告訴小丹：她那裡下女很不好請，工錢又極貴，她請不起，沒有辦法來照顧小丹生產，叫小丹每個禮拜到醫院檢查一次，處處自己小心。

丈夫不在，姊姊又不能來，家裡只有兩個男僕，小丹覺得自己真是好像一個沙漠中的旅人一樣孤獨無告。一個孕期她身體本來就不怎樣舒服，再加上心理上的緊張，現在她又得躺到床上去了。

徐廣南走後的第二個晚上，小丹一覺醒來，覺得肚子隱隱作痛，而且是一陣一陣地有規律的，她驚慌得渾身冷汗，連忙爬了起來，看了看錶，是半夜十二點多。

一個人在平常無論是怎樣懦弱無能，怎樣倚賴成性，到了最後關頭，往往也能表現出機智和勇敢。小丹此刻明知非得自己去醫院不可了，她咬著牙根，忍著痛楚，走到下房去叫醒老張和老王，又回房去收拾好住院需要的東西；她吩咐老張明天一早就打長途電話去叫先生回來，然後就叫老王踏三輪車送她到醫院去。

陣痛一次比一次的緊，值班醫生給小丹檢查過，知道她的確是要生產了，就把她送到產房裡去。

躺在那張高高的產床上，小丹痛得冷汗涔涔，她感覺到自己彷彿是一隻待宰的牲畜。她不斷地呻吟著，祈求快點死去，但一面又擔心自己就此死去。

她在那裡躺到第二早上，孩子還是生不出來。好幾個醫生來看過，給她打了催生針，孩子依然沒有落地。醫生告訴她，也許要用剖腹生產法了，問她丈夫在哪裡，得找他來簽字哩。

小丹更害怕了，她有氣無力地告訴醫生，她的丈夫不在家；醫生嘆息著搖搖頭，說，那麼再等一下再說吧！她流著淚，忍受著有生以來不曾遭遇到的痛苦和被遺棄的感覺，昏昏沉沉地躺著。不知道過了多少時候，她被一陣劇痛驚醒了，她的肚子裡好像有一塊巨石往下墜，整個身體都有著被撕裂的感覺；她開始嚎叫，痛哭，圍在她旁邊的護士們勸慰著她，她卻叫得更響。然後，她看見醫生走了過來，又聽見了金屬器械相碰的叮噹聲，醫生叫她用力，她一使勁，立刻就因為過度的痛楚而昏了過去。

當她醒過來的時候，她發現自己躺在一張軟綿綿的床上，被單是白的，牆壁和門窗都是雪白的，四圍靜悄悄的，沒有一個人；電燈亮著，又是晚上了。她意識到這是病房，她已離開那可怕的產房了。孩子大概已生下來了吧？因為她感到身上輕鬆了不少，雖然肚子還有一點痛，但比起生產時的痛苦，這簡直算不得什麼。

她的口很渴，想喝水，可是她不能動彈，甚至連翻身的氣力都沒有。過了一會，護士小姐進來了，看見小丹已醒，就笑吟吟地對她說：「恭喜您，徐太太，您得了一位千金了。」

「噢！是破肚子取出來的嗎？孩子現在哪裡？」痛定思痛，小丹不禁又想起了幾個鐘頭以前的痛苦。

「待一會兒就抱來給你看，徐太太，你真幸運！你的孩子總算及時生出來，你沒有受到開刀的活罪。」

「是嗎？那我真算幸運，當時我還以為自己會死去哩！」小丹深深的呼了一口氣，又說：

「小姐，我渴得很，請你倒一杯水給我好嗎？」

護士倒了一杯開水，服侍小丹喝了，又說：「徐太太，你現在最好喝些牛奶或者豬肝湯或牛肉汁，你的先生沒有在家是不是？怎麼沒有人來陪你呢？」

護士的話觸動了小丹的隱痛，忍不住立刻就眼淚盈眶。她顫聲地對護士說：「小姐，請你先把孩子抱來給我看看好不好？」

她把護士支了出去，擦乾眼淚，一面在心裡盤算著，可惡的老張和老王竟然不來看她，徐廣南不知什麼時候才到，那麼誰替她買奶粉和燒湯呢？突然，她想起了一個人，那是姊姊吩咐過要照顧她的戴克勇。

護士小姐抱了一個白色的包裹進來，放在小丹的身邊。那是一個醜怪的小東西，通紅的臉，有著腫脹的眼皮和寬大的嘴巴，額上佈滿著皺紋；最難看的是她的頭又長又窄，頭的兩側還有兩道疤痕。

「好難看啊！」小丹別過頭去，想不到自己竟生了這樣一個醜八怪，她傷心極了。

「徐太太您別難過，新生的嬰兒都是這個樣子的，慢慢就會長好看了，您這樣漂亮，女兒將來一定會像您的。」護士安慰著她。

「她的頭上怎麼有疤痕呢？」小丹轉過頭來問。

「那是因為用鉗子取出來的關係，慢慢它也會消褪的。」

「用鉗子？」

「是呀！這不比剖腹好得多嗎？」

「小姐，現在幾點鐘了？」小丹竟虛弱得舉不起手來。

「八點半，您的千金是下午兩點鐘的時候出世的。」

「請你替我打一個電話好不好？」小丹叫護士把放在床頭櫃裡的皮包拿給她，她勉強把雙手從被裡抽出來，在皮包中扯出了一張紙條交給護士。「請你打給一位姓戴的先生，告訴他我住在這裡，請他馬上來一下。」

護士把孩子抱走，打了電話回來說戴先生馬上來，果然，一刻鐘以後，戴克勇就來了。

「你來得真快！」小丹微笑著歡迎他，有著在異鄉見到親人的感覺。

「我騎車來的，今晚剛好我沒有課，在店裡閒著。小丹，恭喜你了。」戴克勇站在她的床邊，用親切的眼光注視著她。

「戴克勇，有一件事我想麻煩你。我的先生去了高雄，沒有人替我買東西，你現在替我去買一罐奶粉，還買些橘子和蘋果好不好？」

「好，我馬上去買。」戴克勇說著轉身就走。

「你慢一點，錢還沒有拿哩！」

「我身上有錢。」他頭也不回的走了。

很快的他就回來，他買回一罐克寧奶粉，一籃橘子和蘋果，還有一瓶牛肉汁。

「小丹，我現在替你沖一杯奶粉好不好？」他問。

「好的，謝謝你。」

戴克勇沖好了奶粉，坐在床邊一面一匙一匙的餵小丹喝著，一面說：「我本來還想買些別的東西，但你一時還不能吃，只好等明後天再買。你現在喝了這杯奶粉，好好睡個覺，半夜醒來，可叫護士替你沖杯牛肉汁。」

「你倒懂得不少呀！」小丹笑了。

「這都是我在藥房多年學來的經驗。明天你想吃什麼，告訴我，我替你做。」

「不，太麻煩你了，還是請你到我家去一趟，叫老張替我熬點豬肝湯吧！」

「僕人做的不會好吃，我替你做。」

「戴克勇，你待我這樣好，真使我不好意思。剛才你用了多少錢？我還給你。」

「小丹，你不要斤斤計較錢，這樣就不算老同學了。」

「可是——」

「可是什麼？你現在休息吧！明天早上我再來。」戴克勇走了。他為人就是這樣乾脆，從不拖泥帶水。

第二天的上午，徐廣南回來了，他睡眼惺忪，神色怠倦，似乎一夜未眠。

「小丹，我對你不起，昨天早上我接到老張的電話，說你進了醫院，但我有事在身，一時不能擺脫，到了晚上才趕夜車回來。怎麼樣？你沒有受苦吧？孩子呢？」徐廣南坐在小丹床邊，絮絮說著，說完了還輕輕吻了她的前額一下。

丈夫不在身邊，小丹倒能咬著牙根忍受苦痛；但是，丈夫一回來，兩三日來的苦難與委屈就一齊來了。她痛哭失聲，淚如雨下，在哭泣中才斷斷續續地把一切苦難與委屈都說了出來。

「呵！可憐的小丹，你下次生產我一定寸步不離。你現在想吃什麼，我就去買，我還要到嬰兒室去看看我們的女兒哩！」

「你回家去叫老張給我煮些豬肝湯吧！雞恐怕要過兩天才能吃。」

徐廣南站起來正要回去，戴克勇卻提了一罐食物進來。他參加過小丹的婚禮，認得徐廣南，但是徐廣南認不得他。

「徐先生，您回來了？」戴克勇看見徐廣南，先是一愣，但他隨即就恢復鎮定。

徐廣南面露不快之色，愣然地看著他。

「廣南，這是我的同學戴克勇。因為老張他們沒有來，是我請他來替我買東西的。」小丹說。

「小丹！這是豬肝湯，你趁熱吃吧！」戴克勇把手中的鋁罐放在床頭櫃上。

「謝謝你。」丈夫在旁盯著她，她不敢多說話。

「你還需要什麼沒有？」戴克勇又問。

「戴先生，謝謝你關照內人，現在我回來，可以不必麻煩你了。」不待小丹開口，徐廣南就搶著說了。他的語氣雖然很客氣，但臉色卻是鐵青的。

「小丹，那我回去了。」戴克勇說完了就大踏步離去。

望著戴克勇矯健精悍的身影，徐廣南哼了一聲說：「替你服務的人可不少呀！丈夫不在，卻有老同學。」

「誰叫老張他們不來呢？我在這裡什麼親人都沒有，他店裡有電話，所以只好麻煩他了。」小丹畏怯地解釋著。

「他是不是你的舊情人？我看他對你倒是情意綿綿的。」

「我不是說過了是同學嗎？他在一家西藥房當店員，你想我怎麼會看得上當店員的？今天實在是無奈才找他的呀！」

「今次饒了他，下次再來我就不客氣了。」徐廣南說著也轉身要走。

「廣南，請你不要這樣對我，產後我受不得刺激的。」小丹叫著他。

「那你要我怎樣嘛？」徐廣南轉過身來，面容冷酷得驚人。

「廣南，請不要誤會，為了一點小事而傷了彼此的感情是多麼不值得呵！」

「你知道就好！」他走了。

小丹在醫院住了半個月，戴克勇沒有再來過，徐廣南卻是天天來，小丹覺得他除了要盡丈夫之責外，另外還多少含有監視的意思。他們的嬰兒果如護士所說，漸漸就不那麼難看了，徐廣南很愛她，天天都要抱一兩次；然而產後的小丹卻變得消瘦得多。

二十六

有了孩子，小丹的生活又進入一個新階段。她為了要博取丈夫的歡心，為了要表示自己也是個賢妻良母，她竟甘心地在家親自撫養他們的女兒寶珍；不過，她卻不肯親自哺乳，而用奶粉去代替，因為她以為哺乳會損壞了她美好的曲線。

現在的她，不打牌，不看電影，甚至對打扮也不像以前那麼注重了；她把全副的精神和時間都放在孩子身上，彷彿她是為著孩子而活的。寶珍一天天長大，也一天天長得活潑可愛，她有著像媽媽的大眼睛小嘴巴，圓圓的臉頰上還有一個小酒渦。徐廣南自然對她疼愛得如掌上明珠，他每個月都替她拍照一次，厚厚的一本照相簿，保存了寶珍出生以來的各種嬰兒憨態。小丹每一次把這些照片寄給小碧看，必定贏得小碧一大番讚美，她說我這個未來的兒媳婦可真可愛呀！

徐廣南對女兒雖則愛護備至，但對小丹的態度卻也沒有改變多少，仍是時冷時熱，叫小丹摸不透他的心。小丹對此非常傷心，她想：結婚這麼久，對丈夫還是毫無所知，這不是一大悲哀嗎？

寶珍周歲生日的前幾天，小丹到行裡去替她選一件小大衣。到了行裡，她照例問店員：

「徐先生在裡面嗎？」

店員的神色有點異常，結結巴巴說不出口，小丹沒有再問下去，就去推辦公室的門。門反鎖著，小丹知道徐廣南在裡面，便生氣的搥著門板，叫他開門。過了半分鐘的樣子，門才被打開。小丹衝進去，發現室內除了徐廣南以外，沙發上還坐著一個很妖豔的女人。

「你來做什麼？」徐廣南一看見小丹，就鐵青著臉喝問。

「怎麼？你不歡迎我來嗎？你幹得好事呀！」本來已氣得說不出話的小丹，此刻更是大為光火了。

「沒有事你最好不要來打擾我。」

「不要來打擾你？好讓你天天在這裡和賤女人鬼混是不是？這個妖精是誰？還不給我滾？」小丹指著那個女人大聲的叫。

「妖精？你說話得小心一點呀！她是我們的老主顧，我現在是在請一位美麗的顧客喝咖啡哩！」徐廣南冷笑了一聲，諷刺地說。

「我不管是誰，你給我滾！」小丹愈聽愈有氣，她聲嘶力竭地叫著，走過去把那個正翹著腿，悠閒地吸著煙的女人從沙發上拉了起來。

店員們已紛紛圍在門外看熱鬧了。徐廣南對那個女人說：「美珠，你先回去吧！」女人不高興地撅著嘴，拿起皮包，扭著臀部搖搖擺擺的走了。

小丹去把門關上，回轉身來，戟指著氣呼呼地對徐廣南說：「你，你這個人面獸心的傢伙，你這樣做對得起我和寶珍嗎？」

「這有什麼對得住對不住的？當年我能請你喝咖啡，現在就不能請別人嗎？」徐廣南點起了煙斗，悠閒地說。

「那時你沒有太太呀！這個什麼賤女人，你敢拿來和我相比？」

「有什麼不能比的？你和她一樣，還不是都在羨慕我的錢？」徐廣南慢條斯理地說。

徐廣南始終不動聲色不發火，小丹也覺無法獨自咆哮下去，於是，她改變了聲調說：「廣南，這個女人大概是酒家女或者交際花吧？你真的愛她？」

「無所謂愛與不愛，我們是各取所需，交易而退。」

「好不要臉！家裡有了太太還要在外和別的女人鬼混！那麼，那一盒子照片都是你的情婦們送給你的囉？還有，高雄那邊，恐怕也有相好吧！要不然，你為什麼去得那麼勤？」

徐廣南點點頭，說：「既然被你拆穿了，告訴你也無妨，無論在婚前婚後，我的身邊都圍繞著各式各樣的女人，是你自己傻，看不出來罷了！我覺得：男女之間和飲食，有著相同的道理，太單調就沒有味道了。妻子是主食，姬妾情人是配菜；如果每餐只吃白飯而沒有小菜，你想這會不會使人厭膩？」

「去你的，我才不要聽你的怪論哩！我想你在巴黎別的沒學到，就學到了一門好色，真怪我當年眼瞎，選到你這個色鬼。你假如不能專情，對我感到厭倦，那我們就離婚好了。」小丹坐在一張椅子上，用手指絞弄著手帕，說著忍不住就悲泣起來。

「小丹，你又何必這樣小題大做呢？魚與熊掌皆我所欲，我愛她們也愛你；你只要要網開一面，稍稍放鬆一點，裝聾作啞，不就彼此相安無事，天下太平麼？不要哭了，省得給店員們笑話。晚上我陪你出去吃飯，算做陪罪，好不好？」徐廣南走到小丹的身後，輕輕地撫弄著她的頭髮說。

徐廣南的軟工夫使得小丹無法發作，而她對他一向的畏懼也使得她在他面前習於容忍。她抽噎著說：「用不著假惺惺了，你去陪她們吧！但願你有時會記得家中還有著妻子和女兒就好。」

「那你不和我出去吃飯？」

「不去了，我沒有這份福氣！」她擦乾眼淚，站起身來，開門走了出去。小大衣她也不拿了，她在心裡盤算著，我以後還是少到這裡來吧！眼不見為淨，也省得嘔氣。

家裡放著年輕美麗的妻子，還要在外拈花惹草，徐廣南這種行為，太傷小丹的心了。最苦的是，她有冤無處訴，這個丈夫是自己找來的，如今再去向人說他的壞話，豈不有失自己的面子？她更不敢寫信告訴小碧，因為她怕姊姊為自己擔心。

被妻子拆穿了祕密的徐廣南，一點也沒有改過自新的意思。他照樣每個月去高雄一次，照樣在行裡接待酒家女和交際花草，對待小丹也照樣時冷時熱；彷彿他就是這個世界的主宰，他要怎樣，誰也改變不了他。

小丹現在開始為自己的身世而悲哀了，以前她以為自己選擇到了金龜婿，如今才知道是遇人不淑。同時她也開始明白，金錢與愛情，二者往往不可得兼，有錢的男人，多數就是不專情的丈夫。多日以來，她鬱鬱寡歡，日漸消瘦；除了在看到女兒的時候，她已難得展眉。

二十七

寶珍快兩歲了，長得健康活潑，非常的逗人。小丹決定帶她到小碧家住一個禮拜，一則可以見見兩年多沒有晤面的姊姊，二則也可暫時離開那個陰影籠罩著的家，好使心境開朗一點。

趁著徐廣南去高雄的時候，小丹帶著寶珍和他同車南下。在車上，寶珍一直被徐廣南抱著，她不時拍著小手快活地在爸爸的膝上跳著叫著，徐廣南也頻頻地親著她的嫩頰。不知道的人都以為這是一家人快樂之旅，又哪裡知道這卻是一雙怨偶呢？默默地坐著的小丹，心裡一直非常感觸，當她和寶珍在臺中站先行下車，寶珍在月台上不斷搖手叫著「爸爸再見」時，她竟悄悄地流下了無名的眼淚。

利澤民在車站等著她。分別了兩年多，小丹發現未到中年的姊夫已兩鬢微斑了，不過，他的氣色卻比在臺北時好得多，人也胖了一點。

他們來公路車到了中興新村，在一幢整潔的住宅門口，小丹看見了久別的姊姊，兩人還沒有開口說話，就彼此擁抱著哭了起來。小碧的眼邊已有了一些淺淺的皺紋，還是那麼瘦；她的大兒子冬兒已高過媽媽的肩膀，其他三個，也長得使小丹無法認識了。

「小丹，你瘦了！」小碧愛憐地拉著小丹的雙手，然後，又轉身去抱起寶珍：「女兒倒是長得挺胖的，小傢伙，你把媽媽的肉搶去了。」接著，她又喊：「秋兒呀！你還不過來陪陪你的小媳婦？」

已進了幼稚園的秋兒怯生生地走過來，先是有點害羞地看著媽媽懷中美麗的小姑娘；但不到一會兒，他就牽著她的小手，兩人笑嘻嘻地到一旁去玩了。

「小丹，廣南為什麼不和你一道來玩？」小碧問。

「他忙得很。」小丹簡單地回答。

「聽你說他每個月都到高雄去一次，其實他應該有很多機會到我這裡來的呀！而你為什麼又不跟他去高雄玩一次呢？」

「他每次去都是為了生意的事，帶著我是很不方便的。姊姊，你們現在過得比以前好吧？」

「是的，好了一點。現在我們不需要付房租，住在這裡花費又較少，所以日子不像以前那麼困窘了。」

小丹輕輕地嘆了一口氣，不再說什麼。

「你嘆什麼氣呀？」小碧奇怪地問。

「沒什麼，我只是嘆息人生多變，我們來臺灣十年多了，這中間經歷了多少變化呵！」

「可不是嗎，這就是人生呀！」這一會輪到小碧歎氣了。

姊姊和姊夫的親切，外甥們的天真活潑，鄉村的清新空氣，還有姊姊手製家鄉風味的菜肴，這一切，都曾經暫時治療了小丹受創的心靈；但是，一個星期瞬息過去，小丹不放心讓徐廣南自由太久，她堅決地辭絕了姊姊和姊夫的挽留，如期返回臺北。

從火車站坐三輪車回家，當她一手抱著寶珍，一手挽著小皮箱，站在門口想按門鈴時，她不禁呆住了，她家的大門上赫然貼著法院的封條。她懷疑自己看錯，放下了孩子和皮箱，揉揉眼睛，細看仍然是一樣，門牌也沒有弄錯，家裡怎麼會被封的呢？徐廣南為什麼沒有信告訴我？她茫然四顧，頓有無家可歸的感覺，最後，她決定到行裡去看個究竟。

帶著孩子和皮箱，她又坐上原來的三輪車。到了目的地，原來他們的委託行也和家裡遭受相同的命運，被法院查封了。下意識地她明白了一定是徐廣南犯了法，可是他到哪裡去了呢？她悽惶地站在路旁，有如喪家之犬，不知去何從。鄰店的老闆認得她，走出來好心的告訴她：「徐太太，你們徐先生犯了走私的罪，昨天被拘捕了，現在他可能在法院看守所裡，你趕快去看看他吧！」

拉她來的三輪車還等在那裡，小丹又坐上去，叫他趕快拉到地方法院看守所去。走了幾步，她又想起，帶著孩子，還有一個箱子，到那些地方去多麼不方便呀！戴克男的藥房距離這裡不遠，不如暫時寄在他那裡吧！於是她又叫車夫拉到衡陽路去。

戴克勇正站在櫃台後面，看見小丹，立刻露出悲喜交集的表情。他迎著她說：「小丹，我找你找得好苦，還以為你到臺中去了呢？」

「你找我做什麼？我剛剛從姊姊家回來。」小丹詫異地說。

「你剛回來？那麼你還不知道府上的事？」

「戴克勇，你知道了？」她更驚異了。

「這是昨天晚報和今天報紙的大社會新聞，破獲了龐大的走私集團，首腦是兩家委託行的老闆，難道你沒有看報？」

「姊姊家沒有報紙，我是今天一早搭車來的，姊夫還沒去上班，所以我們全不曉得。現在，他們一定知道了，不知道會多擔心啊！」從第一眼看到大門上的封條起，到聽說徐廣南被捕止，小丹只有茫然之感而不曾有過悲傷的情緒；此刻，卻忽地悲從中來，忍不住就在戴克勇的櫃台前哭起來。

「媽媽哭！媽媽哭！」寶珍拉著她的裙角叫著，小姑娘也跟著哭起來了。

「小丹，哭不是辦法，我們得想辦法應付目前的環境呵！」戴克勇從櫃台後面走了出來，抱起了寶珍。

「戴克勇，你幫幫我這個忙好不好？我要到看守所去看看我的先生，女兒和箱子暫時寄在你這裡可以嗎？」小丹拭著淚說。大難猝然臨頭，她也突然的變得鎮定起來。

「沒有問題，你放心去吧！等一下你再回來這裡休息好了。」戴克勇滿口的答應。

小丹走出店門，想起了一件事，又轉回去對戴克勇說：「請你替我打個長途電話到省政府，告訴姊夫我平安無事好嗎？」

「好的，我馬上替你打去。」

當小丹見到徐廣南的時候，她幾乎不認得他了。一個星期沒有見面，他竟變了這麼多：他起碼消瘦了五公斤，滿面于思，雙睛深陷，那副憔悴的樣子，簡直似是大病了一場。眼看自己的丈夫一旦做了階下之囚，小丹不覺萬分痛心，她嗚咽地說：「廣南，你受苦了！」

「小丹，我沒有面目見你，你回去吧！以後也不要再來，就當我死了好啦！」徐廣南以手掩著臉說。

「你不要這樣說，你會被放出來的。」這個丈夫過去雖然有著太多的缺點，如今又做了犯法的事；但是，此刻的小丹反而對他同情起來。

「小丹，你不要想得太天真，我自己心裡明白，犯了什麼罪會得什麼樣的刑罰，我這一輩子怕也不能再和你在一起了。我對你不起，今後你好好地生活下去，替我把寶珍帶大吧！」徐廣南說完了，頹然伏在桌子上，竟嗚嗚地哭了起來。

小丹從來不曾看見過男人哭，尤其是這個昂藏七尺之軀的男子漢，竟也像婦人女子一樣哀哀痛哭，她心裡不禁更加愛憐了。

「廣南，你別傷心，事情不會像你所想那樣壞的，你想見寶珍，下次我把她帶來。」她把手按在他的寬肩上。

「不，不，你千萬不要把她帶來，我不要她看見她父親這副模樣，你也不要再來，知道嗎？」徐廣南說著，忽的就站了起來，推開小丹，頭也不回地大踏步走了進去。

小丹哭著離開了看守所，徐廣南的絕情又使她對他憎恨起來。

回到戴克勇的藥房，小丹看見寶珍和戴克勇正玩得起勁，他們的旁邊還站著一對中年夫婦。寶珍看見媽媽回來，連忙撲進她的懷裡。戴克勇向小丹介紹那對中年夫婦，這就是藥房的老闆馬先生和馬太太。

「李小姐，你的事我們都在報上知道了，我們對你的處境很同情，假如你不嫌棄，我們歡迎你和你的小寶寶暫時住在這裡。」馬太太伸出手來和小丹相握，露出慈祥的笑容說。

「不，謝謝您，馬太太。我不能無故來打擾你們。」

「小丹，馬先生馬太太是我的長輩，他們一直待我像子姪一樣，他們自己沒有子女，很喜歡孩子，你和寶珍住在這裡，他們會很高興的。」戴克勇說。

「是呀！李小姐，你就把這裡當作克勇的家好啦！」馬先生也說。

「謝謝你們的好意，不過，我想我還是回我姊姊那裡去比較好一點。」

「小丹，我剛才打電話到中興新村去，姊夫的確也是請你去他那裡住；不過，我有一個意見，我認為在徐先生的案子沒有了結之前，你還是住在臺北比較方便。」戴克勇又說。

「你說得對，那麼我暫時住到旅館裡去。」小丹想了一想說。

「李小姐，你這樣就是見外了，我們這裡有地方，你何必到外面去找呢？」馬太太說。

「一個單身女子住在旅館裡會有很多不方便，何況你還帶著小寶寶？」馬先生也提出了有力的理由。

「小丹，如果你住在這裡，你外出時我們就可以替你照顧寶珍。你不要固執吧！馬先生馬太太都是誠意的，你拒絕了反而不好。」戴克勇正色地說。

「既然克勇這樣說，那我也不好意思再推辭下去了。」兩位陌生人對她這樣愛護，小丹不免有感激零涕之情。

「李小姐這樣做才對，你是克勇的朋友，也就等於是我們的朋友。我們的地方雖然簡陋，但總比住在旅館方便呵！來，我帶你到裡面去休息吧！」馬太太說著就領了小丹母女到店後面去。

那是一間小小的客房，只有一床一桌，但也收拾得非常整潔。經過了幾小時火車旅程的寶珍，早已疲累不堪，一放在床上就立刻睡著。就是小丹自己也已身心交瘁，馬太太一退出，她立刻倒在床上，一會兒，也就沉沉熟睡。

吃過馬家招待她的晚飯以後，小丹借了一份報紙回房去看。當她看完了幾乎佔了一整版的有關徐廣南走私的新聞後，日間在看守所對他的同情，立刻又變為痛恨。從新聞中，她知道徐廣南幹走私的勾當已有八九年歷史，兩處委託行的貨物全部是私貨，走私給他帶來了大量的財富，所以他能夠過著那樣侈靡的生活。報上又說：徐廣南賺來的錢大多數花在女人身上。他家裡有著一個年輕貌美的妻子，高雄那邊有一個姘婦，但他仍經常出入舞場酒家；和他有情的酒女舞女，良家婦女，交際花草，真是數也數不清。

小丹本來並不是不知道徐廣南濫施愛情的事實，但是，這樣的由報紙登載出來，卻使她加深對他的憎恨，因為她認為這樣有損她的面子，何況，他還背著她在幹非法的勾當呢？由於恨徐廣南，小丹在下意識上希望法院把他的刑判得重一點；然而，另一方面，她又矛盾地希望他能無罪獲釋，因為他終歸是她的丈夫，她和女兒都得靠他生活呀！

頓時間，她感到身世飄零，前路茫茫；假如徐廣南短期間不能出來，她將到什麼地方去好呢？姊姊家地方小，姊夫只是個公務員，我忍心帶著女兒去拖累他嗎？如果去找工作，除了播音以外，我又能做什麼呢？現在再去做播音員，不但年紀太大，而且也不好意思再吃回頭草呀。

二十八

半個月的時光像一場噩夢般過去了。這段時期，她一直被招待住在馬家裡，馬先生夫婦像對待自己女兒一樣地愛護著她；戴克勇天天替她奔走，替她看顧寶珍，使她在痛苦無告中得以嚐到人情的溫暖。

終於如大家所想像一樣的，徐廣南被宣判了十年的徒刑，宣判以前，小丹曾經到看守所去看過他兩次，但是他不肯接見，小丹也就無可如何，只好把帶去的食物留下。他們的房子是租來的，徐廣南還欠下房東靠近一年的房租；在法院搜出了放在家裡的一部分私貨後，小丹拿出手頭僅存的幾千塊錢，加上一屋子的家具，才算勉強償還了全部房租。兩個男僕在封屋後就已不知去回，想來是怕被連累逃跑了。

現在，小丹除了幾皮箱的衣服和一箱子首飾外，就已一無所有。從天堂又回到地獄，五年來的富貴榮華，只是過眼雲煙，什麼也沒有留下，她又恢復一貧如洗。知道丈夫被判了這個不算短的刑期，小丹現在不得不切切實實的為前途打算了。首先，她堅決地拒絕馬氏夫婦的挽留，以及小碧來信的催駕，在藥房附近，另外租了一間小房間居住，一面積極進行找尋工作。每天，她帶著寶珍上市場去買菜，回家就在煤油爐上做母女倆的飯；每次，當她提著菜籃走在路上時，她就感到時光彷彿倒流了十二年，她又是那個不甘願替姊姊買菜的少女。

她每次有事外出，都把寶珍交給戴克勇看顧。戴克勇現在在師大夜間部畢了業，比較空閒，也常常到小丹房間裡來聊天。有時，他買些小菜來表演一兩手，就順便和小丹母女一同吃飯；有時，他抱寶珍到動物園或兒童樂園去玩上半天；偶然，也邀約小丹，帶同寶珍，一起去看一場電影。姊姊一家遠在臺中，在這裡舉目無親，如今小丹已把戴克勇視作唯一的親人。

小丹搬到這間小房間裡不到一個禮拜，手頭就已告乏，她沒有讓戴克勇知道，偷偷從首飾箱中取了一隻比較貴重的白金鑲鑽石手鐲，拿到珠寶店中去賣。

當她十分難為情地把這隻光芒閃爍的鐲子交到珠寶店的店員手上時，那個中年的店員拿起鐲子審視了一下，就帶著輕蔑的表情說：「太太，你當真要賣？這值不了多少錢呀？」

「請你看清楚，這是白金鑲鑽石！」小丹說。

「太太，我相信你是被人騙了，這是假的呀！連你手上的這個鑽戒也是假的。」店員指著小丹的手。

「你簡直是在侮辱我嘛！」小丹氣憤憤地取回鐲子，立刻就走。

她懷疑這個店員的話，又到另外一間珠寶店去問，結果也是相同。她垂頭喪氣地走回家去，現在，她才發現徐廣南的的確確是個大騙子，他的愛情是偽裝的，就是用以騙取別人愛情的香餌也是假的。

就在她發現她恃以作護身符的一箱珠寶和婚戒都是贋品的第二天，一個律師帶著徐廣南的親筆信到藥房來找小丹，戴克勇又把這個人帶到小丹家裡。

徐廣南的信這樣寫著：

「小丹，這是我最後的呼喚你。我雖然還沒有死，但是從現在起，我將在這個社會上消失；十年之後，我已是個望六的老翁，這不是等於已死麼？我做了對不起你的事，也做了對不起國家社會的事，罪有應得，我不怨尤任何人；只是，無端拖累了你和寶珍，我的良心真是難安。

小丹，說來你也許不相信，我這樣挺而走險，拼命賺錢，我原是想多積點錢將來帶你和孩子到巴黎去渡餘年的（未娶你以前當然只是為了一個貪字），誰料竟落得這樣的結果？請你相信我，我始終是愛你的，不然我為什麼在那麼多女人中偏選中你做我的妻子呢？

小丹，你還年輕，你有你的前途，請不必守候我了。附上離婚書一紙，你只要簽上你的名字，你就可以自由。選擇一個可靠的男人作你的終身伴侶吧！有了這次的經驗，我知道你一定會懂得選擇的。這是我唯一能為你做的事，你不必猶豫，也不必不好意思，要一個年輕的妻子為犯罪的丈夫守上十年，那是不人道不近情理的事。寶珍我就交給你了，希望你未來的丈夫能愛護她。祝你幸福！

廣南上

再者：你以後不必再來看我，我不會接見任何人的。」

看完了信，小丹已是泣不成聲；徐廣南能在這個時候良心發現，為她設想，使得她又忘了他的缺點而不忍簽字。

戴克勇抱著寶珍站在一旁，不知道小丹為什麼哭，也不便問，只好怔怔地望著她。

律師對小丹說：「徐太太，徐先生信上的話說得很對，是他經過了長久的考慮才這樣做的。你簽字吧！這樣他在獄中反而會安心一點。」說著，他把離婚書攤在小丹面前。

十年，是個漫長的歲月，在未接到徐廣南這封信以前，小丹也曾考慮過是否要求離婚；可是，此刻由徐廣南自動提出來，她又反而感到不安了。

「律師，我簽了字，徐先生不會生氣吧？」她笨拙地問。

「不會，不會，是他自己提出來的嘛。」

小丹用顫抖的手在離婚書上簽上自己的名字，又蓋了章，然後交給了律師。「您告訴徐先生，我會帶著女兒好好活下去的，叫他不要掛念我們。」

律師走後，小丹忍不住就伏案放聲大哭。戴克勇現在已經知道這是什麼一回事了，但他始終沒有發問過一句，只是一直抱著寶珍守在旁邊。

「我離婚了。」小丹哭夠了，一面拿出手帕來揩著鼻子，一面抽噎著說。

「徐先生總算是一個好心腸的人。不要傷心，你還有女兒哩！」戴克勇把寶珍交還給小丹，又用手在她肩上重重按了一下以示安慰，就走了出去。

二十九

小丹託過馬先生、戴克勇和姊夫替她找工作，轉瞬一個月過去了，還是毫無著落。譚芬那裡她沒有去過，她因為貪慕虛榮，嫁了這樣的丈夫以致落得如此下場，恐怕被譚芬恥笑，所以始終不敢去。有一個禮拜天，她突然想起呂葆真，她想，呂葆真雖然只認識廣播界的人，但請她的先生代為留意也可以多一個機會呀！

呂葆真還是住在老地方，午後無事，她正躺在榻榻米上看書哩！一見了小丹，她霍地跳了起來，高興得什麼似的執住小丹的雙手就直搖。

「小丹，你到了什麼地方去呀？我們大家都在找你呢！」

「你知道了我的事了吧？」小丹苦笑著，一面脫下高跟鞋，走進了房間。

房間裡空空的，一個人都沒有。

「先生和孩子們呢？」小丹問。

「都出去看電影去了。小丹，我們五六年不見，你瘦了。你現在幾個孩子呀？」呂葆真在參加過小丹的婚禮過後，兩人一直就沒見過面。

「唉！災難重重，安得不瘦？還好我只有一個女兒，否則就更慘了。呂大姐你倒是胖了。」小丹發覺呂葆真現在真的已經很老了，額上、眼角和嘴邊都生出了不少皺紋，頭髮也已有部分變白。

「老了，也胖了。我的大孩子今年上大學了，你說我怎能不老？」呂葆真哈哈大笑起來。

「大姐還在電臺工作？」

「是呀！王總經理一直不放我走，你叫我怎麼辦？去年我就得了資深人員的獎狀，我已做了十一年了，電臺將來敢情就成了我的養老院。」

「這難怪王總經理的，你是優秀的人才，也是他的得力助手，電臺一天少不了你的呀！」

「呵！對了，小丹，我忘記告訴你，何玲黛從美國回來了，她現在又在電臺播音。你的徐先生出事後，我和她曾經到過你的公館去找你，可是找不著。你現在住在哪裡？過幾天我邀她一起去看你。」

小丹把自從徐廣南被捕起的一切情形都告訴了呂葆真，順便請她的丈夫介紹工作。呂葆真雖然竭力主張小丹回電臺播音，但最後，還是答應代她另想辦法。

「何玲黛為什麼回來？怎會又出來播音呢？」小丹問。

「唉！這也是作孽！起初我看亨利那副像猢猻似的長相就覺得不順眼，原來真的不是好東西！聽何玲黛說，他在美國是個窮光蛋；他帶玲黛住在窮苦的黑人區中，日夜酗酒，喝醉了就打她，她受不了，到法院去告他一狀，兩人離了婚，她就回來了。」

「她沒有再結婚？」小丹又問。

「不容易找呀！她歲數不少了，又離過婚，誰要她呢？」呂葆真說著覺得自己失言，又補充了一句：「你倒是不同，你漂亮，又比她年輕。」

「我不想再結婚了。」

「傻瓜！你還不到三十吧？不結婚怎麼守一輩子呀？女人不比男人，單身闖天下是很困難的。」

「目前我不要談這個，找工作倒是第一重要，大姐，你一定得幫忙呵！」

「當然，我會盡力替你想辦法的。」

這些日子，小丹開始嚐到典當的滋味了。她瞞著戴克勇，已把一件大衣和一件外套送進了當舖。戴克勇似乎也已察覺了她的困窘，但是，他不敢開口問她，只是常常的買東西給寶珍，時時帶菜到她家裡吃飯，藉以表示他的關懷。

過了幾天，呂葆真和何玲黛真的來看小丹。小丹和何玲黛分開已將有十年，現在的何玲黛，雖則仍是濃妝艷抹，可是已掩蓋不住眉目間的憔悴，臉上也露出了厭倦風塵之色。兩個人都是黃金夢醒的離婚婦人，相對自然有說不盡的唏噓與惆悵。

當他們將要離去的時候，何玲黛忽地對小丹說：「小李，你還記得小陸嗎？」

「小陸？是不是陸強遜？」小丹說。

「是的，就是他，前些日子，我碰到了他，他還問起你哩！」

「呵！他現在怎麼樣了？」

「他現在可神氣啦！他已升為一等秘書了。」

「結婚了吧？」小丹表面裝得很平淡地問，其實內心也不免有點激動。

「結婚了，我也見過他的太太，很美，他說是他的同事。」

「玲黛，你早點回來就不致錯過了機會啦！」呂葆真在一旁取笑著她。

「他才不會要我哩！人家眼界可高得很呵！我倒是替小李可惜，假如──」

「過去的事還提它做什麼？」呂葆真打斷了何玲黛的話。「小丹，我們走了，有消息我再通知你。」

小丹一直站著望著她們的背影發呆，何玲黛最後一句話久久還縈繞在她的耳邊：「我倒是替小李可惜，假如──」假如我和陸強遜結了婚，就不會有今天的不幸了，唉！一切都是命呵！

三十

兩三個月又過去了，小丹的工作還沒有著落，她真是愁得頭髮也快發白了。她身邊比較值錢的東西已典當得差不多，但她卻倔強的怎樣也不肯開口向戴克勇告貸。在這些苦難的日子裡，戴克勇一直是她唯一可以信賴可以倚靠的人，除了經濟問題外，她把什麼苦惱都向他申訴。當她找工作找得著急時，她曾經向他表示，即使店員或褓姆她也願做。戴克勇總是這樣安慰著她：「太苦的工作你做不來的，你不像我。你還是安心再等候一個時期吧！到時候我也許能夠幫助你。現在，假如你需要什麼，也請坦白的對我講，老同學是用不著客氣的。」

在這段時期內，戴克勇又成為小丹的女兒寶珍最要好的大朋友。他似乎有著逗孩子玩的天才，有時寶珍正在哭鬧，只要戴克勇一來，她就會破涕為笑。戴克勇不但有耐心照料孩子，而且他懂得的玩意兒也很多，他會唱兒歌，學鳥獸叫，做手影，翻跟斗，講故事；寶珍每次和他一起玩，就高興得張開小嘴，笑個不停。小丹心裡想：可惜戴克勇到如今還沒有結婚，否則他倒是個標準的爸爸哩！

兩歲多的寶珍生得伶牙俐齒，早已會咿咿呀呀的學會講話了。戴克勇有時唱些簡單的兒歌給寶珍聽。

戴克勇最喜歡唱的還是那首「憶兒時」，每當唱到「兒時歡樂，兒時歡樂，斯樂不可作。」這幾句話時，他的聲音顫抖，目光迷亂，方臉上露出了如怨如慕的表情，癡癡地看著小丹，往往使得小丹渾身不自在。

「別唱了，它太傷感，聽了怪難受的。」她說。

「小丹，對不起，我使你難過。唉！失落了的童年！失落的了歡愉！小丹，我們的童年是在一起過的啊！」

「那日子已離開我們太遠了，還去想它做什麼？」小丹說著就走出房間，假裝有事情要做，但她卻仍聽見了房間內那一聲悠長的嘆息。

初夏裡的一天，這時距離徐廣南入獄的日子已有四五個月了。戴克勇穿著了一件嶄新的雪白的香港衫，神采飛揚，春風滿面地來找小丹，說要帶她出去走走。

「去哪裡嘛？」小丹迷惑地看著他。

「你不要問，到時便知。」一向老實的戴克勇竟然在賣關子。

「奇怪！你今天有點反常哩！」

「小丹，我求你去一趟，那不會躭擱你多久的。」

「好吧！我去。可是寶珍誰陪她？」

「帶她一道去，我們很快就會回來的。」

小丹心想他不知是不是替我找到工作，要帶我去見老闆，可是為什麼又讓我帶著寶珍呢？去就去吧！這老好人總不會作弄我的。

她看見戴克勇衣冠楚楚的，也就去選了一件質料比較好的旗袍穿上。幾個月來她難得打扮一下，今天略施脂粉，攬鏡自照，臉孔雖然已不若往日的嬌艷，但一雙盈盈秋水也還未黯淡哩！

戴克勇看見她出來，就稱讚她說：「今天好漂亮呀！」

「漂亮什麼？老都老了。」近來小丹常常喜歡把「老」字掛在嘴邊。

「你老？不要忘記我比你還要老一歲呀！」戴克勇笑著說。

「你老什麼？你還沒有結婚，只能算是小孩子哩！」

戴克勇叫了一部三輪車，叫車夫駛往永和鎮。一路上他有說有笑的就不提要去哪裡，害得小丹心裡好不納悶。

到了永和鎮的一條大馬路上，戴克勇叫車子停下來，抱起寶珍，一手扶小丹下了車。這時，小丹發現他們是站在一間看來像店舖的新房子面前。戴克勇放下寶珍，從口袋裡掏出一串鑰匙，打開油漆得非常光亮的大門，轉過身來對小丹說：「小姐，請進，這就是我們的目的地。」

小丹走進那間打掃得很乾淨，充滿著油漆味的屋子，看見裡面有一個長長的櫃台，後面還有幾個玻璃櫥，此外就空無所有。

戴克勇抱著寶珍跟著走了進來，小丹問他：「這間屋子是誰的？」

「等你看完了再說，我們到後面去看。」說著，他走在前頭，領小丹走到後進。後進有兩個房間和一間廚房，一間廁所，光線和空氣都很充足。看樣子正適合前面開店，後面住家。

他們走回店面時，戴克勇問小丹：「你喜歡這屋子嗎？」

「喜歡又怎樣？它又不是我的。告訴我，是誰的嘛？是不是馬先生他們要在這裡開分店？」

「你真聰明！猜得差不多了。」

「他們要請你主持這間分店？」

「不錯，我要主持這間店鋪，但卻不是他們的分店。這是我自己的店鋪，屋子也是我自己的。」戴克勇一口氣說著，因為過度興奮而氣喘臉紅。

「戴克勇，你說你要自己做老闆？還買了房子？」小丹睜大雙眼，驚訝地叫著。

「是的，小丹，房屋已經修好，只等我把貨品購齊，就可以擇吉開張了。」

「你真有辦法！」小丹的聲音很軟弱，她不禁因為感懷身世而悲傷起來。

「這不能算是有辦法，這是我做了十年店員，節衣縮食，一元一角地儲蓄起來的成績。我籌備這間店已有一年多了，光是找地點就找了半年以上。事前，除了馬先生夫婦以外，我誰都沒有告訴，為的是想給你們大家一個驚奇。小丹，你不怪我太祕密吧？」

「我怎會怪你呢？戴克勇，你今天煞有介事地叫我來，是不是為了要給我驚奇一下，假如是的話，那麼我們現在就可以回去了。」一場神祕，原來完全是為了他自己的事，小丹不免感到萬分失望。

「不是的，我想——」戴克勇搓著雙手說：「真對不起！椅子還沒有買，沒有地方給你坐，你站得累了吧？」

「不累，你說下去好了。」

「小丹，你不是需要找份工作嗎？」

「哦！你要請我在你店裡工作？」

「也不是，我沒有這樣大膽。」

「那怎能說是大膽呢？工作，我正求之不得呀！」

「不是這樣說，小丹，我都不知怎樣開口好。本來我想請馬太太替我說的，又覺得那樣未免不夠男子氣概，所以決定由自己說。」戴克勇結結巴巴地說。

看見戴克勇那副狼狽樣子，小丹又覺得十分可笑。她說：「你今天到底怎樣啦？剛才故作神祕，現在說話又吞吞吐吐的。」

「我的意思是，小丹，我希望你能做這間西藥店的老闆娘。」戴克勇脹紅著臉，好不容易才把這句話說了出來。

「你的意思是叫我和你結婚？」想不到戴克勇竟會向自己提出這個問題，小丹不免也震驚起來。

「是的，假如你不嫌棄我。」他低著頭說。

「戴克勇你怎會有這個想頭的，我不是個賢妻良母型的女人，不會適合你的。」小丹看著面前這個方臉大耳、寬肩膀、五短身材的年輕人，突然感到有點愛憐之意。

「我不管你是怎樣的一個女人，我早就愛上你了。早在我到電臺看到你那一天，不，早在我們做孩子的時代我就已暗暗愛慕著你了。」他喃喃地說。

「是真的嗎？那我要謝謝你的愛護了。」

「小丹，答應我，答應做我的妻子。」他抬起頭來，用害羞而又多情的眼光注視著她。

「可是，我還不確知自己是否愛你。」

「我不需要你愛我，只要你肯接受我的愛就行。」

「這樣未免太委屈你了吧？你真的不嫌我離過婚，也不討厭我帶著個孩子？」找不到工作，結婚倒也不失為一個永久歸宿，何況這個求婚者又是個不折不扣的老好人？小丹開始微微有點心動。

「我不嫌你。至於寶珍，我保證我會愛她像自己的孩子一樣。寶珍，你喜歡不喜歡戴叔叔？」戴克勇緊緊地摟著一直就抱在他懷中的寶珍，低頭問他。

「我喜歡戴叔叔。」小孩子用嬌嫩的聲音回答。

戴克勇高興得連連吻著她的面頰。又問小丹：「你看，這證明了我的話了吧？」

「唔！這一點我可以放心了。我還要問你，既然你早就愛我，當時為什麼不向我表示呢？」

「當時我只是個一無所有的店員，我太自卑了，我知道你瞧不起我，我又怎敢表露出來呢？不瞞你說，近幾年來馬先生馬太太一直為我的終身大事操心，老要給我介紹女朋友，但是我都推說還早，不肯接受。小丹，有一點一定要請你知道的就是，我今天向你提出求婚，完全沒有乘人之危的意思，我的藥房在最近開張，也完全是時間上的巧合。我敢發誓，自從你結了婚以後，我自知無望，本來打算終身不娶的，真想不到還會有今天！小丹，你不知道，我這些年來的努力，完全是為了你！」

戴克勇的癡心與誠摯感動了小丹，她的眼睛開始濕潤起來，聲音也是顫抖的。「假如我真的對你這麼重要，那我就答應你；不過，你要先在心理上作了這個準備，你付出的愛不一定能收得回來的。」這時的小丹，才想起自己一生竟不曾愛過任何人，所以她也不知自己將來能否愛戴克勇。

「我不是說只要你肯接受我的愛就行嗎？在我看來，愛人比被人愛更幸福。噢！小丹，你答應我了，這不是在夢中吧？」戴克勇的眼中流出了快樂的淚水，他抱著寶珍，慢慢走近小丹的身邊，把她也擁入懷裡。「小丹，我可以吻你嗎？」他顫聲地問。

小丹仰起了臉，但戴克勇卻是害羞地只吻了她的前額。

「寶珍，你不久就要叫我爸爸了。呵！我真是世界上最幸福的人呵！」他放開小丹，雙手把寶珍高高舉起，又放下來，惹得寶珍咯咯發笑。然後他又抱著她團團轉的跳舞，一邊嘴裡還唱著歌。小丹含笑站在一旁看著他，這時，她彷彿又看到當年在上海的弄堂裡的頑童。

跳累了，他走過去對小丹說：「小丹，藥房再過半個月就可以開張了，你說，我們先結婚才開店，還是先開店才結婚？」

「當然是先開店啦！」

「好，就這樣決定。現在，讓我們到外面吃晚飯慶祝慶祝，明天我們一同去買新房的家具好不好？」

戴克勇一手抱著寶珍，一手挽著小丹，走出門外，謹慎的把大門鎖上。當他正要叫三輪車的時候，他忽然想起說：「我要先打個電話給馬太太，第一向她報告喜訊，第二告訴她我不回去吃飯。」

戴克勇放下寶珍，走到附近的電話亭打了電話。出來的時候他含著笑對小丹說：「馬太太聽見高興極了，她說她要送一套沙發給我們做結婚禮物。」

「馬太太人真好！」小丹說。她忽然覺得，這世界上似乎充滿了好人。

在夕照中，他們坐的三輪車越過中正橋駛回市區。落日的餘暉把三個人的臉都染得紅噴噴的。戴克勇一手抱著寶珍在懷裡，一手摟著小丹的纖腰，他覺得他的生命從來不曾像今天這樣有意義過。和一個精力充沛、生龍活虎般的年輕人在一起，小丹也不再覺得自己「老」了，她覺得一切將重新開始，她又將是個美麗的新娘。

三十一

戴克勇的藥房如期開張，他把它取名「幸福西藥房」，為的是他正沉湎在幸福中。

他和小丹的婚禮在藥房開張後半個月舉行。懷著贖罪的心情，小丹堅持不要舖張，在法院舉行公證以後，晚上在館子裡擺了兩桌酒菜，招待兩家的親戚好友就算完事。馬先生是戴克勇的主婚人。小碧一家特地從中興新村趕來，因為她對他們的結合認為是了卻生平之願。

新房設在藥房的後面，雖然比不上徐廣南家裡的豪華，但卻是簡樸舒適，充滿著家的溫馨。

為了節省開支，藥房沒有請夥計，經常都是戴克勇在店面招呼顧客；遇到他出去添貨，就由小丹出來應付。她除了幫助丈夫做生意以外，還要親操井臼，照顧女兒，日常工作相當忙累，戴克勇有時看著過意不去，說要請一個店員，或者是為她請一個女僕，小丹總不肯答應。她說：「等生意做大一些再說吧！我過去的生活太奢靡了，我覺得那是一種罪過，我正要多吃點苦去補償，請你不用因此而不安。」

那一次慘痛的教訓，使小丹完全變了另外一個人，一個正正常常的人。她不再以操持家務和當店員為可恥；飲食玩樂的生活，種種物質的引誘，她都能無動於衷了。丈夫、孩子與店舖，成了她生活的中心，除非有重要的事，她難得進城去一次。

婚後兩個月，小丹發現自己又有了孕。這一次，並不像前回那樣受苦，除了輕微的噁心和嘔吐外，一切都如常。但是，那位年已而立，才第一次有了準爸爸資格的戴克勇可緊張了，他立刻找了一個店員來幫忙照顧店面，自己卻分出大部分時間去料理懷孕的妻子。他把她像皇后一般的服侍著，不准她勞動，還一天幾次的親手為她烹調可口的菜肴和點心。只要小丹表示一下想吃什麼，不論三更半夜，刮風下雨，他也要立刻去做去買。

戴克勇對她這樣盡心盡意，小丹把這次懷孕和前次相比，更是感激得暗暗流淚。人與人之間相處久了就會發生感情，現在小丹開始慶幸，她對戴克勇的愛情正也在萌芽滋長。在她這一頁風雨飄搖的生命史中，他是使她獲得安全的避風港，如今她已無需懷疑自己對這位青梅竹馬的伴侶之愛了。

有一天，戴克勇出去配貨，小丹帶著寶珍，坐在店面織毛衣。一個人進來向店員買奶瓶，小丹無意中向那個人望了一眼，卻發現那個人正看著自己，臉孔很熟，一時卻又想不起是誰。

「你是李小姐吧？」那個人向她走了過來。

「哦！原來是蔡先生。」帶著本省口音的國語，黑黑的大眼睛，瘦削的臉和瘦削的身材，使得小丹恍然大悟，認出他就是十年未見的蔡金郎。

「李小姐你住在這裡？怎麼我們一直沒有碰到？」蔡金郎在她的對面坐下，雙眼閃耀出喜悅的光芒。時光沖淡了人們的記憶，他似乎已忘卻小丹當年對他的無情。

「是的，我們搬來不久。蔡先生也是住在這附近吧？」

「我就住在前面那條巷子裡，我在這裡住了八九年了。李小姐也結婚了吧？這位一定是——」蔡金郎看著小丹身旁的寶珍。

「是的，這就是我的女兒。蔡先生剛才要買奶瓶，想來也是做了爸爸了？」

「我太太剛剛生了一個女兒。」

「是頭一個嗎？」小丹問，因為她覺得蔡金郎和十年前並沒有什麼不同，看來還像個孩子，一點也不像個做了父親的人。

「第六個了，六個都是女孩子，全是賠錢貨，真沒有辦法！」蔡金郎說著自己就乾笑了幾聲。

「六個？呵！你真福氣！你結婚幾年了？」小丹也笑了。

「結婚八年半，六個孩子，太多了，太多了！呵！太太還等著我拿奶瓶回去哩！李小姐，有空到我家裡去玩吧！」蔡金郎抄了一個地址給小丹，就走到櫃台前面去付錢。

小丹告訴店員不要收他的錢，說這個奶瓶是她送給他的新生嬰兒的禮物，蔡金郎推辭了一番才連連道謝的收下。

蔡金郎走後，小丹想到他八年半就得了六個孩子的事，心裡一直覺得好笑。剛巧戴克勇回家，手中拿著一包食物，那是小丹近來很愛吃的燻魚。他看見她笑嘻嘻的，就問：「小丹，什麼事這樣好笑？」

「方才一個舊同事來買奶瓶，他結婚八年半就有了六個孩子。」

「那麼我們呢？」乘著店員不注意，戴克勇附在她耳邊低聲的問。

「你說要多少就多少吧！」小丹含羞地低下頭去，她的目光剛好接觸到自己微微突出的肚皮。

畢璞全集・小說11　PG1351

風雨故人來

作　　者	畢　璞
責任編輯	陳思佑
圖文排版	周妤靜
封面設計	楊廣榕
出版策劃	釀出版
製作發行	秀威資訊科技股份有限公司 114 台北市內湖區瑞光路76巷65號1樓 電話：+886-2-2796-3638　傳真：+886-2-2796-1377 服務信箱：service@showwe.com.tw http://www.showwe.com.tw
郵政劃撥	19563868　戶名：秀威資訊科技股份有限公司
展售門市	國家書店【松江門市】 104 台北市中山區松江路209號1樓 電話：+886-2-2518-0207　傳真：+886-2-2518-0778
網路訂購	秀威網路書店：http://www.bodbooks.com.tw 國家網路書店：http://www.govbooks.com.tw
法律顧問	毛國樑　律師
總 經 銷	聯合發行股份有限公司 231新北市新店區寶橋路235巷6弄6號4F 電話：+886-2-2917-8022　傳真：+886-2-2915-6275
出版日期	2015年6月　BOD一版
定　　價	270元

國家圖書館出版品預行編目

風雨故人來 / 畢璞著. -- 一版. -- 臺北市 : 釀出版,
2015.06
面； 公分. -- (畢璞全集. 小說 ; 11)
BOD版
ISBN 978-986-445-017-6(平裝)

857.7 104008371

讀者回函卡

感謝您購買本書，為提升服務品質，請填妥以下資料，將讀者回函卡直接寄回或傳真本公司，收到您的寶貴意見後，我們會收藏記錄及檢討，謝謝！

如您需要了解本公司最新出版書目、購書優惠或企劃活動，歡迎您上網查詢或下載相關資料：http:// www.showwe.com.tw

您購買的書名：________________________________

出生日期：________年________月________日

學歷：□高中（含）以下　□大專　□研究所（含）以上

職業：□製造業　□金融業　□資訊業　□軍警　□傳播業　□自由業

□服務業　□公務員　□教職　□學生　□家管　□其它_____

購書地點：□網路書店　□實體書店　□書展　□郵購　□贈閱　□其他

您從何得知本書的消息？

□網路書店　□實體書店　□網路搜尋　□電子報　□書訊　□雜誌

□傳播媒體　□親友推薦　□網站推薦　□部落格　□其他__________

您對本書的評價：（請填代號　1.非常滿意　2.滿意　3.尚可　4.再改進）

封面設計____　版面編排____　內容____　文／譯筆____　價格____

讀完書後您覺得：

□很有收穫　□有收穫　□收穫不多　□沒收穫

對我們的建議：________________________________

____

____

____

請貼
郵票

11466
台北市內湖區瑞光路 76 巷 65 號 1 樓
秀威資訊科技股份有限公司 收
BOD 數位出版事業部

（請沿線對折寄回，謝謝！）

姓　名：＿＿＿＿＿＿＿＿　年齡：＿＿＿＿　性別：□女　□男

郵遞區號：□□□□□

地　址：＿＿＿＿＿＿＿＿＿＿＿＿＿＿＿＿＿＿

聯絡電話：(日) ＿＿＿＿＿＿＿＿＿＿ (夜) ＿＿＿＿＿＿＿＿＿＿

E-mail：＿＿＿＿＿＿＿＿＿＿＿＿＿＿＿＿＿＿